Grusel & Co.
DER CLUB

Andreas D. Hesse
wurde am 6. Mai 1974 in München geboren. Im Laufe der Zeit probierte er eine Reihe von Jobs aus. Doch nachdem ihm weder ein Dasein als Hausmeister, Sekretär, Eisverkäufer, Koch, Diskjockey, Programmierer oder Barmann wirklich zusagte, begann er mit dem Studium der Germanistik und Geschichte.

Weitere Bücher des Autors im Arena Verlag:
Das Grab des Ritters. Ein AbenteuerSpielBuch (Grusel & Co)
Schatten über Fraterna. Ein phantastischer Roman.

Andreas D. Hesse

DAS SPIEL DES HEXERS

Ein AbenteuerSpielBuch

Arena

Für meine Schwester Karin

Ganz besonders danken möchte ich Nana Sadowsky für ihre Existenz sowie Christian Clason für die technische Beratung und seine liebenswerten Versuche, Interesse an meinen schriftstellerischen Problemen zu heucheln.

In neuer Rechtschreibung

1. Auflage 2000

Umschlagillustration: Thomas Thiemeyer
Gesamtherstellung: Westermann Druck Zwickau GmbH
ISBN 3-401-05020-6

TEIL 1

Die Lautsprecher protestierten mit einem blechernen Scheppern gegen die Überlastung, als das Monster Ingo wütend anbrüllte und sich zum Sprung duckte. Mit einem leisen Fluch riss Ingo den Plasmawerfer hoch und feuerte. Der schmale Gang wurde von dem Blitz in ein gleißendes, blaues Licht getaucht und das Donnern der Waffe übertönte für zwei Sekunden sogar das Gebrüll der Bestie. Angespannt wartete Ingo darauf, dass der Energiebalken wieder grün wurde und er erneut feuern konnte. Doch lange bevor sich seine Waffe wieder aufgeladen hatte, setzte das Monster erneut zum Angriff an.
Mitten im Sprung verharrte es plötzlich und blieb wenige Meter von Ingo entfernt in der Luft schweben. Die Furcht erregenden Krallen langten immer wieder nach ihm aus, erreichten ihn aber nicht. Es brüllte noch einmal, doch klang es diesmal eher besorgt als bedrohlich. Der Gedanke schoss Ingo durch den Kopf, ob diese Kreatur aus Bits und Bytes ihn nicht vielleicht doch durch das Glas des Monitors sehen konnte. Er selbst schwebte im Schneidersitz etwa fünf Zentimeter über der blauen Sitzfläche seines Schreibtischstuhls. Seine Hände bildeten die Lotusblüte nach, genau wie sein Meister, der Professor, es ihn gelehrt hatte. Inmitten dieser Blüte pulsierte ein winziger Funke.

Mit einem kurzen Gedanken ließ Ingo den Hintergrund des Spiels verschwinden. Anstelle des finsteren Ganges trat ein blauer Himmel, der sich über einer dichten Wolkendecke erstreckte. Das

Monster sah sich knurrend um, während sich seine roten Augen verängstigt weiteten. Ingo entließ es aus seinem geistigen Griff. Das schuppige Wesen stürzte schreiend in die Tiefe und wurde von der Wolkendecke verschluckt.

»Gewonnen«, sagte Ingo mit einem Lächeln und ließ sich sanft auf seinen Stuhl sinken. Der Funke zwischen seinen Handflächen erlosch. In diesem Moment stürzte das System ab, eine Fehlermeldung erschien und ein durchdringendes Piepen.

Nach einem Blick auf die Uhr schaltete er den Rechner aus. Der Schalter hatte einen Wackelkontakt. Genervt knipste er ihn mehrmals an und aus, bevor der Strom endlich weg war. Er musste bald los, wenn er nicht zu spät zu der Party kommen wollte, und eigentlich wollte er sich noch umziehen. In Gedanken versunken begann er in seinem Kleiderschrank zu kramen. Seit er entdeckt hatte, dass er mit seinen magischen Kräften die Programme fast beliebig verändern konnte, hatte ihn das Ganze nicht mehr losgelassen. Es war um vieles leichter, als in der Realität auch nur einen Blumentopf vom Fensterbrett kippen zu lassen. Die meisten Menschen haben mehr Spaß an schnellen Erfolgen als an den Ergebnissen langer, harter Arbeit. Ingo war da nicht anders.

Aber er schaffte es immer noch nicht, die Programme wirklich umzuschreiben. Was er auch mit Magie am Rechner bewirkte, alles war nur so lange von Dauer, wie er das Ganze am Laufen hielt. Sobald er sich geistig zurückzog, stürzte der Rechner ab. Als Programmierer würde er wohl keine Karriere machen können, gestand er sich bedauernd ein, während er ein schwarzes Hemd anzog, das ihm seine Mutter erst jetzt zu Weihnachten geschenkt hatte.

»Ingo!«, tönte von unten die Stimme des Professors. »Komm bitte mal runter. Und beeile dich.«

»Komme schon!«, rief Ingo zurück und schlüpfte in seine Jacke. Während er die Treppe hinunterpolterte, ging er in Gedanken die letzten Tage durch.
Die Stimme des Professors war ihm ein wenig zu ernst gewesen. Seines Wissens hatte er zwar nichts getan, was den Alten hätte verärgern können. Trotzdem war er sich nicht sicher, ob die Sorge des Professors nicht doch ihm galt. Seine Mutter war gleich nach Neujahr auf Geschäftsreise gefahren und offensichtlich versetzte das den Meister in erhöhte Alarmbereitschaft, was seinen Lehrling betraf.

Es war zwar nun schon ein halbes Jahr her, dass Ingo und seine Mutter bei Professor Rossner eingezogen waren. Damals hatte seine Lehre bei dem alten Magier begonnen, der eigentlich Habib al'Hraazhar hieß und ihn gleich zu Beginn seiner Lehrzeit in ein haarsträubendes Abenteuer verwickelt hatte, das beide nur mit knapper Not überstanden hatten. Und wenn damals nicht Murad, der jüngere Lehrbruder des Professors, in letzter Sekunde aufgetaucht wäre, würden sie wohl beide nicht mehr unter den Lebenden weilen.
Nachdem sie aber mit vereinten magischen Kräften über ihren Feind gesiegt hatten, hatte für Ingo und seine Mutter eine geruhsame Zeit begonnen. Sie hatte ihren verhassten Job als Sekretärin an den Nagel gehängt und sich von da an um den Haushalt und die Geschäfte des Professors gekümmert.
Ingos Meister selbst war zuletzt nicht nur hocherfreut über ihre Hilfe, sondern auch über die Gesellschaft, die sie für ihn bedeutete. Nur musste er im Moment eben darauf verzichten, da er sie als seine Privatsekretärin nach Florenz geschickt hatte. Und während sie in alten Bibliotheken antike Schriften für ihn heraussuchte und

abschrieb, vermisste der alte Magier sie wesentlich mehr als sein Lehrling, der die kurzfristige Freiheit zu nutzen gedachte. Doch der Professor versuchte leider ziemlich verkrampft die Aufgaben eines Erziehungsberechtigten gegenüber Ingo wahrzunehmen, sodass dieser bis jetzt noch nicht besonders oft dazu gekommen war, die Abwesenheit seiner Mutter richtig zu genießen.
Vorsichtig steckte Ingo nun den Kopf durch die Tür des gewaltigen Kaminzimmers. »Habe ich was angestellt?«, erkundigte er sich mit schuldbewusster Stimme.
Beim Anblick von Ingos professionell zerknirschter Miene musste der Professor lachen. »Nein, alles in Ordnung. Wir haben Besuch.«
»Guten Tag, Zauberlehrling«, begrüßte ihn eine bekannte Stimme. Erst jetzt sah Ingo den jungen Mann in dem schwarzen Anzug. Sein Gesicht war sonnengebräunt und strahlte vor Freude, als Ingo ins Zimmer trat. Das schwarze Haar trug er immer noch zu einem sorgfältigen Pferdeschwanz gebunden. Nur die dunklen Ringe unter den Augen waren nicht normal.
»Murad!«, rief Ingo begeistert und stürmte dem jungen Magier entgegen. »Wie geht's dir? Alles klar?«
»Bei mir persönlich schon«, nickte Murad und schüttelte seinem jungen Freund die Hand. »Wir haben augenblicklich leider andere Probleme, aber nun erzähl mal: Was treibst du so?«
»Nichts Besonderes«, sagte Ingo mit einem Schulterzucken und warf einen verstohlenen Blick auf die Wanduhr. »Mittlerweile sieht's immerhin so aus, als würde ich dieses Jahr die Klasse schaffen.« Verdammt, er musste eigentlich dringend los!
»Ach, vergiss die Schule. Wie steht's mit deiner Lehre?«
»Stinkfaul ist er«, schnaubte der Professor. »Er kann seine Gabe immer noch nicht kontrollieren.«
»Nütze die Macht, Luke – lass dich von deinen Gefühlen leiten«,

erklärte Murad theatralisch und lachte dann. »'tschuldigung, ist aus 'nem Lieblingsfilm von mir. Na gut, dann muss er halt noch ein bisschen an sich arbeiten.«
»Warum bist du hier?«, fragte Ingo rasch. Er hatte keine Lust, dass der Professor ihn jetzt mit seinem Gepolter vor Murad blamierte.
»Um es kurz zu sagen: Ich fürchte, dass Jassir in Schwierigkeiten steckt«, erklärte Murad und setzte sich gähnend in einen der schweren Ledersessel. »Unser alter Meister hat mir vor etwa zwei Wochen eine Warnung zukommen lassen, dass sich Zhafir wieder gemeldet hätte. Seitdem habe ich ihn nicht mehr erreicht.«
»Unmöglich«, brummte der Professor. »Zhafir ist tot.«
»Anscheinend nicht«, widersprach Murad müde. »Jassir hat mir sein Bild gesandt. Offensichtlich ist er wieder auferstanden.«
»Verdammt!«, schnaubte der Professor. »Das fehlte gerade noch. Nun gut, erzähle mir die ganze Geschichte. Du bleibst doch über Nacht hier, oder?«
»Ich denke schon«, sagte Murad nickend und rieb sich das Gesicht. »Das letzte Mal habe ich vor zwei Tagen geschlafen.«
»Super!«, rief Ingo. »Das trifft sich sehr gut, weil – äh, weil ich jetzt eigentlich weg muss.«
»Was?«, rief der Professor überrascht. »Wo willst du denn hin? Warum sagst du das nicht früher?«
»Ich hab's Ihnen gesagt, Meister«, protestierte Ingo. »Ein Typ von meiner Schule macht heute eine Party und ich bin jetzt schon zu spät dran.«
»Was ein Magierlehrling auf einer Teenagerparty will, ist mir schleierhaft«, erklärte der Professor. »Du hast anderes zu tun.«
»Lass ihn doch, Habib«, sagte Murad lachend. »Er ist vierzehn, verdammt!«
Einen Augenblick lang rang der Alte mit sich selbst, dann gab er

nach. »In Ordnung. Wann musst du nach deiner Mutter immer zu Hause sein?«
»Um zwölf?«, log Ingo schamlos.
»Um elf bist du wieder da, verstanden? Keine Minute später oder mit der Magie ist für das nächste halbe Jahr Schluss.«

Schon auf der Straße vor dem Jugendzentrum dröhnten Ingo die Guano Apes entgegen. Ein paar aus der Oberstufe standen in dem Schneegestöber davor und rauchten eine. Ihre Zigaretten brannten kleine, rote Löcher in die Nacht. »Hi«, murmelte Ingo und schlüpfte an ihnen vorbei ins Innere. In dem Halbdunkel brauchte er eine Weile, um seine Leute zu finden. Sie standen neben der Bar und machten sich über die paar Mutigen lustig, die sich auf die leere Tanzfläche getraut hatten.
»Hey, Ingo«, rief ihm Sven zu. »Alles klar? Wo warst du denn so lange?«
»Musste noch was erledigen«, sagte Ingo ausweichend, zog seine schneebedeckte Jacke aus und ließ sich eine Cola geben. »Und? Wie isses hier?«
»Ganz okay«, erklärte Martin und sah zu einer Gruppe älterer Mädchen hinüber, unter denen auch seine große Schwester war. »Wirklich stark, dass Sarah auch da ist«, fügte er mit einer komischen Grimasse hinzu.
Langsam sah sich Ingo um. Er hatte nicht die geringste Ahnung, wer eigentlich für dieses Fest verantwortlich war. Wahrscheinlich der Typ am Plattenpult, dem gerade zwei Mädchen ein Geschenk überreichten. Anscheinend hatte er die ganze Schule eingeladen und noch einige andere dazu. Es waren irgendwie verflucht viele hübsche Mädchen da, die Ingo noch nie gesehen hatte.
Sein Blick blieb an einem Mädchen hängen, das inmitten der

Tanzfläche völlig alleine dastand und mit geschlossenen Augen tanzte. Ihr Haar war fast völlig abrasiert, nur ein dünner Flaum bedeckte ihren Schädel. Sie trug nur ein Top und schlabberige Skaterhosen. Auf ihre rechte Schulter und auf den Arm waren mehrere schwarze Eidechsen tätowiert. Trotz des harten Sounds sah es so aus, als würde sie sich zu einer sanften Musik wiegen, die nur sie alleine hören konnte.

Fasziniert glotzte Ingo sie an, ohne noch weiter auf das Gerede seiner Freunde zu hören. Plötzlich erstarrte sie, öffnete die Augen und erwiderte seinen Blick, als hätte sie ihn gespürt. Hastig wandte sich Ingo ab und versuchte sich wieder in das Gespräch einzuklinken. Wenigstens würde sie in der Dunkelheit nicht sehen, dass er puterrot geworden war.

Trotzdem machte sich bei ihm helle Panik breit, als er aus den Augenwinkeln sah, dass sie direkt auf ihn zuging. Mit Sicherheit würde sie jetzt etwas sagen wie: Glotz nicht so blöd!, oder irgend so einen Mist! Dann stand sie neben ihm und er sah sie an, als hätte er sie gerade erst bemerkt. Sie begrüßte ihn mit einem spöttischen Lächeln. Ingo hielt den Atem an.

»Hi, ich bin Nana«, sagte sie dann einfach. Ingo hätte ihr die Füße küssen können.

»Äh, ich bin Ingo«, stellte er sich stotternd vor. Und dann: »Guten Abend.« Oh Gott, was war er für ein Idiot!

»Ja, das stimmt«, bestätigte sie grinsend. »Bist du nicht dieser Computerfritze? Der in diesem Schloss wohnt?«

»Bei meinem Mei . . . bei einem Freund von meiner Mutter«, bestätigte Ingo hastig. »Wer hat dir das erzählt?«

»Ist doch egal«, sagte sie und packte ihn an der Hand. »Komm, ich will tanzen.«

Die nächsten Stunden vergingen für Ingo so schnell wie ein Traum. Er war bestimmt kein toller Tänzer, das war ihm selber klar. Aber solange er mit Nana tanzte, war es ihm einfach völlig egal. Und als sie schließlich genug hatte, zerrte sie ihn in eine Ecke und plauderte mit ihm, als ob sie sich schon seit Jahren kannten. Jetzt erfuhr er, dass sie erst seit ein paar Wochen an der Schule war, dass sie ein halbes Jahr älter war als er, und vor allem: Dass sie sich mindestens so sehr für Computer interessierte wie Ingo. Sie erzählte ihm sogar von einem neuen Game, das ihm nicht das Geringste sagte, und das beeindruckte ihn doch ziemlich.
»Kein Scheiß«, beteuerte sie. »Das Ding läuft sogar auf meiner alten Kiste wie sonst was und die Grafik haut dich um. Ich habe keine Ahnung, wie sie das hingekriegt haben, aber du spielst in Echtzeit übers Netz, ohne jede Verzögerung. Ich bin noch nicht über den Anfang rausgekommen, weil ich da so 'nen blöden Spruch nicht richtig hinkriege – ach vergiss es, das musst du gesehen haben, sonst glaubst du's eh nicht.«

Ingo unterhielt sich den ganzen Abend mit Nana, ohne zu bemerken, wie die Zeit verging. Erst als sie auf ihre Uhr sah, fiel ihm auf, dass es inzwischen reichlich spät geworden sein musste.
»Oh Mist!«, rief sie und trank schnell ihre Cola aus. »Gleich elf, ich muss nach Hause.« Sie angelte Pulli und Jacke aus einer Ecke hervor und zog beides hektisch an.
»Tja«, begann sie und brach dann wieder ab. »Was ist?«, fragte sie plötzlich und grinste. »Willst du noch mitkommen? Ich muss dir einfach dieses Game zeigen. Meine Eltern sind okay, was das betrifft, die wollen nur nicht, dass ich zu spät komme.«
Ingo rieb sich den Hinterkopf. Wenn er jetzt sofort aufbrach, könnte er es noch mit annehmbarer Verzögerung nach Hause

schaffen. Aber dann würde es wohl eine Weile dauern, bis er Nana wieder sah, und vor allem würde sie dann denken, dass er völlig unter der Fuchtel seiner Mutter stand – bei Jungs war das mit dem Heimkommen nun mal was anderes als bei Mädchen. Er wollte ungern so uncool wirken. Andererseits konnte er sich ziemlich genau vorstellen, was der Professor mit ihm anstellen würde, wenn er zu spät kam . . .

- ➪ **Hier musst du Ingos innere Stimme sein. Wenn du der Meinung bist, dass Ingo lieber sein Versprechen halten sollte, lies weiter bei Teil 3 auf Seite 21.**
- ➪ **Wenn du denkst, dass der Professor noch einmal ein Auge zudrücken wird, lies weiter bei Teil 4 auf Seite 27.**

TEIL 2

In Ordnung«, brummte Ingo und ließ sich langsam auf den Schreibtischstuhl sinken. »Dann lass uns spielen.«
Er musste unbedingt herausfinden, was hier vor sich ging. Natürlich war das Ganze mehr als unheimlich, aber wenn er den Rechner jetzt ausschaltete, würde er vermutlich nie erfahren, wer hinter dieser Sache steckte. Und das wäre noch unheimlicher.
»Was soll ich tun?«, fragte er in das Mikro.
»Du musst den zweiten Spruch korrekt aussprechen«, informierte ihn der Kerl mit der Kapuze, der nun langsam hinter einer der Säulen hervortrat, und wiederholte die Silbenfolge.
»Okay«, sagte Ingo und sagte den Spruch auf.

Blitzschnell versank alles um ihn herum in Schwärze. Millionen von winzigen Lichtpunkten flammten vor seinen Augen auf und verblassten wieder. Ihm wurde schwindelig, als er kopfüber durch die Finsternis raste. Ein stummer Schrei entfuhr ihm. Dann schlug er hart auf einem kalten Steinboden auf.
»Hervorragend«, flüsterte der Kerl mit der Robe. Ingo hob mühsam den Kopf. Direkt vor ihm stand eines der gewaltigen Feuerbecken, deren Flammen die Halle in flackerndes Licht tauchten. Stöhnend rappelte er sich auf und lehnte sich gegen eine der Säulen.
»Was zum Teufel . . .«, stöhnte er und rieb sich das Gesicht.
»Du hast es geschafft«, sagte der Mann leise lachend und näherte sich ihm. »Du hast die nächste Ebene dieses Spiels erreicht. Willkommen in meiner Welt.«

»Wo bin ich, verdammt?«, schrie Ingo zitterig und wich vor dem Mann zurück. Seine Knie waren entsetzlich weich, er musste sich die ganze Zeit an der Säule abstützen. »Wer sind Sie?«
»Mein Name ist Zhafir«, stellte der Kerl sich vor. »Ich herrsche über dieses Reich jenseits der Wirklichkeit. Ich kann dir gar nicht sagen, wie sehr ich mich freue, dass du hier bist, Ingo. Ich habe lange nach jemandem gesucht, der deine Stärke besitzt.«
»Was meinen Sie damit?«, fragte Ingo, nur um Zeit zu gewinnen. Er hatte nicht die geringste Lust mit diesem Typen länger zu plaudern. Aber während er versuchte eine Lösung für sein Problem zu finden, musste er ihn bei Laune halten.
»Seit ich mich aus der Nacht des Todes erhoben habe, bin ich hier gefangen«, erinnerte sich Zhafir stirnrunzelnd. »Ich weiß nicht mehr, wie ich hierher gelangt bin.«
»Sie waren tot?«, platzte Ingo heraus.
Zhafir nickte. »Seit dieser Hundesohn Jassir mich vernichtet hat, sind mehr als drei Jahrzehnte vergangen.« Er rieb sich die Schläfen und sprach nachdenklich weiter, ohne Ingo anzusehen. »Der große Marîd hat einst gesungen, der Tod wäre ein schwarzer Fluss, der die Körper verschlingt und die Seelen am Strand der Unsterblichkeit anspült. Aber meine Seele hat die Unsterblichkeit nie gesehen. Ich bin einfach hier erwacht, hier im Meer der Blitze. Aber dies kann nicht das Paradies sein, denn ich bin ganz alleine.«
Der Typ ist ja völlig gaga, schoss es Ingo durch den Kopf. Entsetzt sah er sich nach einer Fluchtmöglichkeit um.
»Nun gut«, erklärte Zhafir und lächelte Ingo düster an. »Ich bin hier erwacht, aber ich werde nicht hier sterben. Es dauerte nicht lange, bis ich entdeckte, dass dies nur eine Welt hinter der Wirklichkeit ist. Und ich werde in die Wirklichkeit zurückkehren, das schwöre ich.«

»Und dazu brauchen Sie meine Hilfe«, vermutete Ingo.
»Dazu brauche ich dich«, stellte der Mann mit leuchtenden Augen richtig. »Noch bin ich nur ein Wesen aus Licht und Energie. Meine Macht ist nicht mehr so groß, wie sie einst war.« Er ballte die Fäuste. »Mir fehlt ein Körper, in dem ich diesen Ort verlassen kann, um wieder unter den Lebenden zu wandeln. Und dieser Körper muss die Gabe in sich tragen.«
»Moment mal!«, keuchte Ingo. »Sie wollen meinen Körper haben? Kommt nicht in die Tüte!«
»Deine Seele wird weiterleben«, versprach Zhafir und ging erstaunlich schnell auf Ingo zu. »Du wirst weiterleben und meinen Triumph über deine Welt miterleben. Du wirst Wunder sehen, die du dir im Traum nicht vorstellen kannst. Du wirst mir dienen dürfen.«
»Nein!«, schrie Ingo und fing an zu rennen. Wenn er sich nicht völlig getäuscht hatte, war hinter dem Altar eine Tür in der Wand.
»Du kannst mir nicht entkommen«, hallte Zhafirs Stimme hinter ihm her. »Dies ist mein Reich – mein Spiel.«
»Das wollen wir doch mal sehen!«, schnaufte Ingo und rannte hinter den Altar. Tatsächlich, da war eine Tür! Er zerrte an dem Bronzering und mit einem Knarren öffnete sie sich. »Scheiße!«, entfuhr es ihm, als er durch die breite Öffnung sah.

Die schwere Holztür bestand auf der anderen Seite aus einem völlig glatten, weißen Material. Kein Schatten, keine noch so kleine Unebenheit lag darauf. Es war eine mathematische Fläche, eine zu Materie gewordene Rechnung. Als Ingo mit der Hand darüber fuhr, spürte er nichts. Seine Finger konnten sich zwar nicht durch sie hindurchbewegen, aber er spürte auch keinen Widerstand. Doch all das nahm er nur am Rande wahr.
Völlig entgeistert starrte Ingo auf die Welt, die sich jenseits der

Säulenhalle erstreckte. Sie erinnerte entfernt an den nächtlichen Anblick eine Großstadt aus großer Höhe. Da erhoben sich gewaltige rechteckige Klötze aus pulsierendem Licht, verbunden durch tausende und abertausende von hell schimmernden Straßen. Nur fuhren auf diesen Straßen keine Autos, es waren keine Menschen zu sehen. Gewaltige Funkenketten rasten die Strecken entlang und erhellten alles wie ein riesiges Stroboskop.

Schwer atmend hielt sich Ingo am Türrahmen fest und sah nach oben. Hoch über ihnen lag noch einmal eine ähnliche Welt und darüber noch eine. Alle diese Ebenen waren verbunden durch hunderte Lichterstraßen, die senkrecht nach oben und unten führten.

»Das ist meine Welt«, flüsterte Zhafir hinter ihm und legte ihm eine Hand auf die Schulter. »Hier wurde ich wieder geboren. Ist es nicht wundervoll?«

»Was ist das?«, fragte Ingo atemlos. Seine Furcht war wie weggeblasen angesichts dieses Anblicks.

»Wenn ich mich nicht irre, nennt ihr es das Netz«, erklärte Zhafir. »Es ist wirklich erstaunlich. In meinem ersten Leben waren Magie und Technik zwei völlig verschiedene Dinge. Und nun, dreißig Jahre später, verbindet sich beides. Ich danke den Göttern, dass ich dies noch erleben durfte.« Die Hand auf Ingos Schulter verkrampfte sich plötzlich zu einem schmerzhaft festen Griff. »So wie du mir noch dankbar sein wirst, dass ich mich deines Körpers angenommen habe.«

Plötzlich erschlaffte Ingo. Verzweifelt wehrte er sich dagegen, aber seine Muskeln verweigerten ihm einfach den Dienst. Hilflos sank er in die Arme des alten Mannes, der ihn kraftvoll auffing und zu Boden gleiten ließ. Dann legte er seine Fingerspitzen an Ingos Schläfen und sah ihm in die Augen.

Ein stummer Angstschrei hallte in Ingos Kopf wider, als Zhafirs

Geist in seine Gedanken eindrang wie flüssiges Eis. Ingo selbst wurde zurückgedrängt wie von einer dunklen Welle, bis er schließlich nur noch ein stummer Beobachter in seinem eigenen Körper war. Ein triumphierendes Gelächter ließ die Säulenhalle erbeben und Ingo wäre am liebsten gestorben vor Entsetzen: Es war sein eigenes Lachen.

Mit energischen Schritten trat Zhafir zurück in die Mitte der Säulenhalle. Er genoss die jugendliche Energie, die seinen neuen Körper durchströmte.

»Mein Junge, du hättest der größte Magier deiner Zeit werden können«, ließ er Ingo wissen, der stumm in seinem Hinterkopf gefangen saß. »Aber du wirst sehen – ich werde deine Kraft zu nutzen wissen. Und als Erstes werden wir deinen Meister töten.«

Langsam fand sich Ingo in seinem geistigen Kerker zurecht. Er konnte die Gedanken des Hexers lesen. Die Hoffnungslosigkeit seiner Situation wurde ihm bewusst. Er würde gezwungen sein, seinen Meister zu verraten und letztendlich zu töten. Er war vom Bösen besessen. Er spürte, wie sich eine eisige Kälte in seinem Brustkorb ausbreitete und dann ein brennendes Gefühl in seinem Magen. Ein Hungergefühl, wie er es noch nie erlebt hatte. Ein Hunger nach Macht . . .

➪ **Du hast nun eines der möglichen Enden dieser Geschichte erreicht. Wenn du dir ein anderes suchen willst, lies weiter Teil 9 auf Seite 81.**

TEIL 3

Sorry«, sagte er nach kurzem Zögern. »Aber ich kriege dermaßen Stress, wenn ich nicht bald zu Hause auftauche – tut mir Leid.«
Sie zuckte mit den Schultern und wich seinem Blick hastig aus.
»Klar«, erwiderte sie und zwang sich zu einem Lächeln. »Dann sehen wir uns in der Schule. Bis dann.« Damit marschierte sie an ihm vorbei, winkte noch einigen Freundinnen zu und verschwand.
»Ja, bis dann«, flüsterte Ingo und hätte sich am liebsten in den Hintern gebissen. Warum musste er nur so vernünftig sein? Und warum musste der Professor nur so verflucht streng sein?
»Wollte nicht mitkommen, hm?«, fragte Sven hinter ihm und hieb ihm auf die Schulter. »War wohl doch nicht so begeistert von dir.«
»Verfluchter Reinfall!«, schnaubte Ingo sauer.
Es hatte wahrscheinlich keinen Sinn, Sven zu erzählen, wer für diesen Reinfall verantwortlich war. Er kramte seine Jacke hinter einem der Sofas hervor. »Na was soll's, ich muss eh auch weg. Bis morgen.«
»Nimm's nicht so schwer«, hörte er Svens Stimme, dann schnappte die Tür zu.
Ingo brauchte eine Viertelstunde, um nach Hause zu rennen. Das ließ ihm wenigstens genug Zeit, um sich ordentlich über seine Feigheit zu ärgern. Eine Weile versuchte er noch sich einzureden, dass nichts verloren wäre. Leider musste er sich schnell eingestehen, dass das sicher nicht stimmte. Nana hatte es sich offensichtlich genau überlegt, ob sie ihn mit nach Hause nehmen sollte. Und nachdem sie sich schon so weit vorgewagt hatte, sägte Ingo sie mit

einem Schulterzucken ab. Er hatte ihr einen Korb gegeben und er wusste, wie sehr er sie verletzt hatte.
Über verpasste Chancen zu jammern ist immer Unsinn, das war Ingo klar. Dennoch fluchte er den ganzen Heimweg über wie ein Fuhrkutscher. Erst als er das Gartentor erreichte, verschluckte er seine Hasstiraden auf sich selbst. Es war nun schon deutlich nach elf und er musste noch dem Professor gegenübertreten, bevor er sich wieder ganz seinem Unglück widmen konnte.
Das ganze Haus war düster, nur im Kaminzimmer brannte noch Licht. Vermutlich saßen der Alte und Murad noch bei einem Glas Wein und plauderten. Das erhöhte Ingos Chance ungestraft davonzukommen. Mit schuldbewusst zerknirschtem Gesicht trat er ein. Doch trotz des Lichts war niemand da. Sein Blick fiel auf einen Zettel auf dem gewaltigen Steintisch. Misstrauisch begann er zu lesen.

Mein lieber Lehrling,
mein Lehrbruder und ich haben noch einmal versucht unseren alten Meister zu erreichen. Dabei haben sich Umstände ergeben, die unsere sofortige Abreise erforderlich machten. Ich werde so bald wie möglich wieder zurück sein, dennoch musst du vermutlich einige Tage ohne mich auskommen. Auf dem Kamin findest du etwas Geld.
Ich erwarte von dir, dass du in meiner Abwesenheit deine Kräfte nicht einsetzt, außer es geht um Leib und Leben. Des Weiteren wirst du mein Labor nicht betreten. Gib auf dich Acht und nutze die Zeit, um etwas mehr für die Schule zu tun.
Professor Rossner
P.S.: Vergiss bitte nicht die Blumen deiner Mutter zu gießen.

Ingo konnte kaum glauben, was für ein Trottel er war. Es wäre völlig egal gewesen, wenn er mit Nana mitgegangen wäre. Niemand hätte es bemerkt, weder der Professor noch sonst jemand. Stattdessen war er wie ein kleiner Junge brav nach Hause getrabt und würde jetzt wahrscheinlich erst wieder mit dreißig ein Mädchen kennen lernen – oder vielleicht auch niemals.

Mit grimmiger Entschlossenheit zwang er sich die Sache positiv zu sehen. Immerhin: Er kam nicht nur ungestraft davon, sondern hatte auch noch das Haus für sich alleine. Das war nicht das Schlechteste, aber die verpasste Chance tat ihm trotzdem in der Seele weh. Außerdem tat es ihm Leid, dass Murad schon weg war. Mit ihm hätte er sich zu gerne noch ein bisschen unterhalten. Wahrscheinlich hätte er dann auch diesen Mist mit Nana schneller vergessen. So hockte er sich stattdessen vor den Fernseher und zappte genervt durch den Müll, der unter der Woche um diese Zeit kam. Nach einer halben Stunde ging er nach oben, putzte seine Zähne und legte sich ins Bett. Im Halbschlaf beschloss er, morgen noch einmal mit Nana zu reden. Wenn er es schaffte, ihr in der Schule in einer ruhigen Minute über den Weg zu laufen, sollte das Ganze vielleicht noch zu retten sein.

Natürlich verschlief er am nächsten Morgen. Kurz vor acht rannte er aus dem Haus, ungewaschen und ohne Frühstück. Der Lehrer verzog keine Miene, als Ingo keuchend ins Zimmer platzte, sondern nickte ihm nur zu. Immerhin war Ingo in den letzten Monaten zu so einem Musterschüler geworden, dass man ihm eine kleine Verspätung zwischendurch auch mal nachsah. Trotzdem bekam er einen Rüffel, weil er auch während der Stunde kein einziges Mal aufpasste, sondern nur grübelnd aus dem Fenster sah.

Nach einer halben Ewigkeit klingelte es endlich zur Pause. Ingo wanderte auf dem Forum umher und hielt Ausschau nach Nana. Schließlich fand er sie in einer abgelegenen Ecke, in der ein paar

Bänke und Tische standen. Sie war gerade dabei, etwas abzuschreiben. Ingo atmete tief durch, dann setzte er sich neben sie.
»Hi«, begrüßte er sie grinsend. »Na, alles klar?«
Sie warf ihm einen raschen Blick zu, bevor sie eifrig weiterschrieb. »Hi«, murmelte sie. »Bin gerade dabei, Bio zu machen. Hab's gestern nicht mehr geschafft. Und? Rechtzeitig nach Hause gekommen?«
»Äh, ja, kein Problem«, brummte Ingo verlegen. Am liebsten wäre er weggerannt. Er hatte sich schon lange nicht mehr so unerwünscht gefühlt. Wenn sie ihn wenigstens mal angesehen hätte. »Ich wollte bloß sagen«, begann er verlegen, »wegen dem Game – also, das würde mich schon sehr interessieren.«
»Ist echt gut«, sagte Nana nickend und klappte die Hefte zu. »Ich gebe dir in den nächsten Tagen mal die Internetadresse, okay?« Sie sah ihm kurz in die Augen. »Sorry, aber ich muss jetzt los. Bis dann.« Damit raffte sie ihr Zeug zusammen und marschierte davon.

Ingo saß da und fühlte sich wie der größte Idiot der Weltgeschichte. Nach einer Minute floh er in das Klassenzimmer, packte sein Zeug, entschuldigte sich im Sekretariat wegen Kopfweh und ging heim. Zu Hause legte er sich aufs Bett und versuchte dieses ätzende Gefühl loszuwerden, einen gewaltigen Korb bekommen zu haben. Nana hatte ihn mit einer Kaltschnäuzigkeit abgefertigt, die ihm das Blut in die Wangen trieb, wenn er nur daran dachte. Als der Abend kam, nahm er das Geld, das der Professor ihm dagelassen hatte, und ging einkaufen. Es hatte keinen Sinn, wegen der Sache nur noch beleidigt zu Hause zu hocken.

Im Laufe der nächsten Tage vermied Ingo es, Nana in der Schule zu begegnen. Wann immer er ihren Stoppelkopf auftauchen sah, machte er kehrt und floh, bevor sie ihn entdeckte. Und wenn er sich nicht völlig täuschte, verhielt sich Nana nicht anders. Am Ende der Woche kam Ingos Mutter von ihrer Geschäftsreise nach Hause. Ihr fiel zwar auf, dass Ingo nicht gerade gesprächig war. Aber nachdem er ihren Fragen ausgewichen war, ritt sie nicht unnötig darauf herum.

Als er ihr von der plötzlichen Abreise des Professors erzählte, nickte sie nur grimmig und murmelte etwas davon, dass »der Alte schon eine verdammt gute Erklärung haben sollte«, dafür dass er Ingo einfach alleine ließ. Das brachte Ingo zum ersten Mal seit langem zum Lachen. Die Beziehung zwischen seiner Mutter und dem Professor war so gut, dass sie sich manchmal leidenschaftlich über Ingos Erziehung stritten, während er selbst grinsend daneben stand.

Doch der Professor kam nicht mehr nach Hause. Nach einem Monat begann Ingos Mutter mit aufgeregten Nachforschungen. Sie rief überall an: bei der Polizei, beim Außenministerium, beim Verwaltungsreferat. Schließlich ging Ingo in den Keller, betrat trotz des Verbots das Labor und versuchte seinen Meister auf geistiger Ebene zu erreichen. Nachdem er ihn trotz mehrerer Versuche nicht aufgespürt hatte, gab er auf. Müde und erschöpft schloss er das Labor und ging hoch, um seiner Mutter mitzuteilen, dass der Professor wahrscheinlich tot war. Er weinte nicht, als er es ihr sagte. Das tat er erst am Abend, nachdem er ins Bett gegangen war und sich unter seiner warmen Decke verstecken konnte.

Auch von Murad war von da an nichts zu hören. Ingo und seine Mutter konnten weiter in der Villa des Professors bleiben, da der Alte für den Fall seines Verschwindens oder Todes eindeutige Instruktionen hinterlassen hatte. Ingo war zum Alleinerben eingesetzt worden und bis zu seiner Volljährigkeit musste seine Mutter das gewaltige Vermögen verwalten. Doch das ganze Geld konnte Ingo nicht darüber hinwegtrösten, dass er seinen Meister verloren hatte.

Manchmal ging er in das geheime Labor und sah sich dort um, aber er traute sich nicht seine Gabe auf eigene Faust weiterzuentwickeln oder gar mit den Gerätschaften dort zu experimentieren. Mit den Jahren übte er immer seltener, da ihm mit jedem Mal bitter bewusst wurde, wie wenig er tatsächlich konnte. Stattdessen konzentrierte er sich voll auf die Schule, machte ein gutes Abitur und begann sein Physikstudium, das er mit sechsundzwanzig sehr erfolgreich abschloss.

Er hatte sich nicht auf das materielle Erbe seines Meisters verlassen wollen – wenn er schon dessen wirklich wertvolles Erbe niemals würde antreten können.

➪ **Du hast nun eines der möglichen Enden der Geschichte erreicht. Wenn du dir ein anderes Ende suchen willst, lies weiter bei Teil 4** **auf Seite 27.**

TEIL 4

Nana legte den Kopf schief und sah Ingo fragend an. Nach einem lässigen Schulterzucken nickte er schließlich. Die Vorstellung, sie könnte ihn für ein Muttersöhnchen halten, ertrug er einfach nicht.
»In Ordnung, ich schaue noch schnell bei dir vorbei«, entschied er und versuchte sein Unbehagen möglichst gut zu verbergen. Trotz allem machte er sich ziemliche Sorgen, wie sein Meister reagieren würde.
Doch Nanas Reaktion zerstreute schnell jeden Zweifel. »Wunderbar«, sagte sie fröhlich und ging rasch zur Tür, wobei sie einigen Freundinnen zuwinkte. Ingo folgte ihr und gönnte sich noch einen triumphierenden Blick zu den Jungs, die ihm fassungslos hinterherstarrten.

Es hatte aufgehört zu schneien und die Stadt lag unter einer feinen weißen Decke begraben, als sie die Straße hinuntergingen. Der Schnee dämpfte alle Geräusche, sodass ihre knirschenden Schritte überdeutlich in der nächtlichen Stille zu hören waren.
»Verflucht, ist das kalt!«, bibberte Nana und stülpte eine Mütze über ihren kahlen Schädel. »Zum Glück haben wir es nicht weit.«
Einen Augenblick lang dachte Ingo darüber nach, ob er seinen Arm um sie legen sollte. Aber schon bei dem Gedanken wurde er so nervös, dass er es lieber bleiben ließ. Besser er wartete erst einmal ab, was bei ihr zu Hause geschah. Außerdem hatte er nicht den Eindruck, dass Nana zu den Mädchen gehörte, die still darauf warteten, bis etwas passierte. Sie würde es ihn schon merken lassen, wenn sie so etwas wollte.

Tatsächlich wohnte sie nur wenige hundert Meter vom Jugendzentrum entfernt und schon nach wenigen Minuten stiegen sie die Treppen hinauf. Ihre schneeverkrusteten Schuhe ließen sie vor der Wohnungstür stehen. Etwas verlegen stand Ingo im Flur und sah sich um. Irgendwo lief ein Fernseher und jemand unterhielt sich leise.

»Ich bin wieder da!«, rief Nana in die Wohnung hinein und ihre Mutter lugte um eine Ecke, das Telefon fest an die Wange gepresst. Sie winkte ihnen grinsend zu, formte mit den Lippen ein stummes Hallo und verschwand dann schnell wieder.

»Da lang«, erklärte Nana und schlüpfte in ihr Zimmer. Ehrlich erstaunt stellte Ingo fest, dass sie offensichtlich noch chaotischer war als er. Sämtliche Wände waren mit Bücherregalen zugestellt, in denen sich außer tausenden von Büchern aller möglicher Mist stapelte. Alleine in den Regalen zählte er drei Monitore, die bestimmt seit den Achtzigern nicht mehr benutzt worden waren. An der Wand mit den Fenstern stand noch ein Klavier, auf dem weitere Bücher und ein Geigenkasten in einem wacklig aussehenden Gleichgewicht standen. Der Boden war bedeckt mit Klamotten und Zeitschriften, auf dem Schreibtisch standen eine Teekanne, mehrere Teller und eine halbe Pizza. Das Zeug teilte sich den Platz mit zwei Festplatten und einer alten Soundkarte. Der Rechner neben dem Tisch war geöffnet und die Kabel quollen wie Eingeweide daraus hervor.

»Is'n bisschen chaotisch hier«, erklärte sie schulterzuckend und fegte einen Papierstapel vom Schreibtischstuhl.

»Regt sich deine Mutter nicht über dein Zimmer auf?«, erkundigte Ingo sich grinsend und setzte sich auf den Klappstuhl, den sie ihm hinschob. »Meiner müsste man bei so was erst mal Beruhigungspillen geben.«

»Irgendwie haben wir uns mal darauf geeinigt, dass ich in meinem Zimmer tun und lassen kann, was ich will«, erklärte sie gleichgültig und knipste den Rechner an. »Solange das Chaos hier drin bleibt, ist alles okay. So, jetzt warte mal. Das haut dich um!«
Voller Neid erkannte Ingo, dass Nanas »alte Kiste« um ein gutes Stück schneller war als sein Computer. Sie stellte die Verbindung zum Internet her und klickte sich durch, bis sie das Spiel auf dem Bildschirm hatten.

In flammenden Buchstaben erschien vor einem schwarzen Hintergrund der Schriftzug B E L I A L. Ein fernes Grollen rumpelte in den Lautsprechern und das Bild einer riesigen Säulenhalle erschien. Gewaltige Feuerbecken erleuchteten den düsteren Raum und den Altar, der sich drohend am Ende der Hallen erhob. Das Ganze sah wie ein Film aus, nicht wie eine Grafik. Mit dem Joystick bewegte Nana sie vorwärts, auf den Altar zu.
»Die Grafik ist doch irre, oder?«, fragte sie begeistert.
»Allerdings, das sieht heftig aus«, stimmte Ingo staunend zu. »Lass mich mal.«
Sie gab ihm den Joystick und er sah sich neugierig in der gewaltigen Halle um. Es war tatsächlich unfassbar. Wenn er nahe genug an die Wand heranging, konnte er haarfeine Risse im Stein entdecken. Er kam sich vor wie ein Kameramann, der einen Film drehte. Nichts deutete darauf hin, dass dies alles mit dem Computer erschaffen worden war.
»Geh mal zum Altar«, drängte Nana ihn und er marschierte den roten Läufer inmitten der Halle hinunter. Das Ganze wirkte so echt, dass es ihm richtig unheimlich wurde. Einmal wandte er sich sogar hastig um, weil er sich plötzlich beobachtet fühlte.
Der Altar bestand aus einem riesigen schwarzen Marmorblock.

Darauf hockten mehrere alptraumhafte Monster, ebenfalls aus schwarzem Stein gehauen. Ihre Augen funkelten boshaft in dem Licht der Feuerbecken.
Noch etwa zehn Meter trennten ihn von diesem bizarren Ding, als plötzlich eine düstere Gestalt hinter einer der Säulen hervortrat. Ingo zuckte zusammen und Nana stieß ein Prusten aus.
»Ging mir zuerst auch so«, kicherte sie und stieß ihn mit dem Ellenbogen in die Seite. »Da macht man sich fast in die Hose, oder?«
»Das ist Wahnsinn!«, keuchte Ingo, als der Mann in der schwarzen Robe auf sie zukam und seine Kapuze zurückstreifte. Das uralte Gesicht war von tiefen Falten und Runzeln durchfurcht und die langen weißen Haare hingen ihm wirr über die Schultern. Nur seine stahlblauen Augen leuchteten stechend und boshaft, während er sie aus dem Monitor heraus betrachtete.
»Ich grüße dich«, tönte eine unpassend junge Stimme aus den Boxen. »Wer bist du?«
»Und jetzt pass mal auf«, flüsterte Nana Ingo zu und beugte sich zu dem kleinen Mikrofon neben dem Bildschirm vor. »Ich bin's – Nana.«
Vor Erstaunen ließ Ingo beinahe den Joystick fallen, als der Mann sofort antwortete. »Sei gegrüßt, Nana. Willkommen in meinen Hallen. Du willst dich wieder einmal versuchen. Ich wünsche dir viel Glück. Hoffentlich hast du etwas gelernt.«
»Irre, oder?«, jubelte Nana und schüttelte Ingo, der immer noch ungläubig dem Kerl hinterherstarrte, wie er wieder zwischen den Säulen verschwand. »So was habe ich noch nie gesehen. Das ist jedem anderen Game um ein paar Jahre voraus.«
»Um einige sogar«, stimmte Ingo atemlos zu. »Was jetzt?«
»Wenn du den Kerl das erste Mal triffst, gibt er dir einen Zauber-

spruch«, erklärte sie und kramte in dem Chaos auf dem Tisch, bis sie einen kleinen Papierfetzen gefunden hatte. Darauf standen in hastig gekritzelten Buchstaben einige Silben. »Du musst das hier aufsagen, dann geht es angeblich weiter«, sagte sie stirnrunzelnd. »Ich hab es noch nie hingekriegt. Aber das ist nur eine Demo-Version. Bestimmt muss man das Ding kaufen, damit es klappt.«
Ingo betrachtete fasziniert den Altar. Er zuckte erneut zusammen, als die steinernen Monster darauf sich plötzlich regten. Langsam entrollten sie sich, glitten von dem schwarzen Marmorblock herunter und kamen auf ihn zu.
»So, jetzt machen sie dich fertig«, erklärte Nana lachend. »Oder kannst du es?«

Es ärgerte Ingo, dass Nana offensichtlich gar nicht auf die Idee kam, dass er es schaffen könnte. Hastig zerrte er das Mikro zu sich her und las die Silben von dem Zettel ab. Nichts geschah. Er versuchte es noch einmal, während ihn die Furcht erregenden Monster schon fast erreicht hatten. Diesmal legte er seinen ganzen Willen in den Versuch diese Wesen zurückzustoßen. Verflucht, er wollte Nana beeindrucken, und wenn es jemanden gab, der mit so etwas Erfahrung hatte, dann er . . .

Kaum hatte er die letzte Silbe ausgesprochen, als ein Blitz den Monitor für eine Sekunde in strahlendes Weiß tauchte. Die Boxen gaben ein düsteres Grollen von sich und dann erschien wieder die finstere Säulenhalle. Von den Monstern war nichts mehr zu sehen.
»Hey!«, rief Nana und sprang auf. »Das gibt's doch nicht! Weißt du, wie lange ich das versucht habe?«
Ingo grinste sie an. »Alles Übung«, sagte er zufrieden. »Ich hab ein Händchen für so was.«

»Scheint so«, gab sie zu und kratzte sich am Hinterkopf. »Na gut, dann erfahre ich wenigstens, wie es weitergeht.« Ihr Blick fiel auf ihren Wecker. »Hoppla, ich glaube, ich schmeiße dich jetzt raus. Morgen früh schreibe ich Physik und ich wollte mir das Zeug noch mal kurz anschauen.«
»Klar«, sagte Ingo hastig und stand auf. »Tut mir Leid, wenn ich deine Zeit gestohlen habe.«
»Wieso denn? Ich wollte es dir zeigen. Warte, ich gebe dir noch schnell die Adresse, dann kannst du es zu Hause weiter probieren.«

Wenige Minuten später rannte Ingo zur Straßenbahn. Es war fast halb eins und er hatte jetzt schon Angst vor dem Anschiss des Professors. Trotzdem hätte er laut schreien können vor Freude. Nana hatte ihm erst einen Abschiedskuss auf die Wange und dann einen Zettel mit der Internet-Adresse des Spiels in die Hand gedrückt. Außerdem stand ihre Telefonnummer darauf. Er hatte versprechen müssen sie bald anzurufen.

Das Haus des Professors lag düster inmitten des kleinen Parks. Nur im Kaminzimmer brannte noch Licht. Leise schloss Ingo auf und dachte darüber nach, ob er heimlich auf sein Zimmer schleichen sollte. Vielleicht konnte er seinem Meister einfach erzählen, dass er rechtzeitig heimgekommen war. Doch dann entschied er sich dagegen. Zum einen war das zu unsicher und zum anderen hatte er im letzten halben Jahr zumindest gelernt, dass man bei dem Alten mit Ehrlichkeit am weitesten kam. Wenn es etwas gab, was er nicht ausstehen konnte, dann waren es Lügen. Da kam er mit einer schnelle Beichte immer noch besser weg.
Mit schuldbewusst zerknirschtem Gesicht trat er in das Kaminzimmer und sah sich um. Die Stehlampe brannte, doch niemand war

da. Sein Blick fiel auf einen Zettel auf dem gewaltigen Steintisch. Gespannt begann er zu lesen.

Mein lieber Lehrling,
mein Lehrbruder und ich haben noch einmal versucht unseren alten Meister zu erreichen. Dabei haben sich Umstände ergeben, die unsere sofortige Abreise erforderlich machten. Ich werde so bald wie möglich wieder zurück sein, dennoch musst du vermutlich einige Tage ohne mich auskommen. Auf dem Kamin findest du etwas Geld.
Ich erwarte von dir, dass du in meiner Abwesenheit deine Kräfte nicht einsetzt, außer es geht um Leib und Leben. Des Weiteren wirst du mein Labor nicht betreten. Gib auf dich Acht und nutze die Zeit, um etwas mehr für die Schule zu tun.
Professor Rossner
PS: Vergiss bitte nicht die Blumen deiner Mutter zu gießen.

Ingo wäre fast auf die Knie gefallen vor Erleichterung. Dieses Glück konnte er kaum fassen. Nicht nur, dass er ungestraft davonkam – er hatte auch noch das ganze Haus für sich, vielleicht sogar eine ganze Woche lang. Auf dem Kamin fand er einen Umschlag mit fünfhundert Mark. Er zählte das Geld zweimal, bevor er es glaubte. Der Professor wollte offensichtlich sicherstellen, dass es ihm an nichts fehlte. Das würden einige herrliche Tage werden!
Vergnügt pfeifend marschierte er in sein Zimmer hinauf und schaltete den Rechner an. Noch ganz zitterig vor Erleichterung und Glück, wählte er die Adresse des Spiels an. Sofort erschien die Säulenhalle. Rasch ging er auf den Altar zu und wartete, bis der Typ mit der schwarzen Robe erschien und ihn ansprach.
»Ich grüße dich«, ertönte die Stimme und der Mann erschien auf dem Monitor. »Wer bist du?«

»Mein Name ist Ingo«, stellte Ingo sich gut gelaunt vor.
»Sei willkommen in dieser Welt, Ingo«, war die düstere Erwiderung. »Ich gebe dir nun eine Formel, die dich in die nächste Ebene des schwarzen Wissens versetzen kann – wenn du deine ganze Kraft und dein ganzes Wollen einsetzt, um mit ihr die Kreaturen hinter mir zu besiegen. Merke sie dir gut, denn sonst kann dir hier nicht mehr helfen.« Er sagte laut und deutlich einige Silben auf, die Ingo hastig aufschrieb. Rätselnd hielt er den Zettel in der Hand. Das hier war ein anderer Spruch als der von Nana. Anscheinend steckte dieses Spiel voller Überraschungen. »Und nun wünsche ich dir viel Glück«, erklärte der Kerl spöttisch und verschwand.
Auf dieses Stichwort hin setzten sich die Wesen auf dem Altar wieder in Bewegung. Genüsslich beugte sich Ingo zum Mikro vor und sagte den Spruch auf. Diesmal klappte es auf Anhieb. Die Wesen verschwanden mit einem grellen Lichtblitz, während die Säulenhalle von ihren Schmerzensschreien widerhallte.
»Na bitte«, rief Ingo und lehnte sich zufrieden zurück. »Geht doch.«
»Du hast die erste Prüfung bestanden«, teilte ihm die Stimme des Fremden mit. »Nun musst du die nächste Hürde nehmen«, fügte sie drängend hinzu.
Nach einem schnellen Blick auf seine Uhr beschloss Ingo, dass er wohl lieber ins Bett gehen würde. Es war schon weit nach eins und er musste am nächsten Tag in die Schule. Außerdem hatte ihn der Abend mit Nana so aufgerüttelt, dass er sich sowieso nicht mehr auf das Spiel konzentrieren konnte.
»Nein, ein anderes Mal«, sagte er zum Spaß in das Mikro. »Bis später.« Damit fuhr er den Rechner herunter und schaltete ihn aus.

Während er vor dem Spiegel im Bad stand und sich die Zähne putzte, überlegte er, wann er Nana anrufen sollte. Einerseits konnte

er es kaum erwarten, sie wieder zu sehen, andererseits wollte er auch nicht aufdringlich erscheinen. Ein bisschen Coolness war jetzt angesagt.
Es hatte wieder angefangen zu schneien und Ingo beobachtete schläfrig den Tanz der Flocken vor seinem Fenster. Immer wieder gingen ihm die verschiedenen Augenblicke des Abends durch den Kopf. Mittlerweile war er sich fast sicher, dass Nana tatsächlich an ihm interessiert war. Trotz dieser neunzigprozentigen Gewissheit dauerte es eine Weile, bis seine Gedanken aufhörten Karussell zu fahren und er schließlich einschlief.

Ein leises Surren weckte ihn nach einer Weile. Verwirrt richtete er sich auf und blinzelte in das Dunkel des Zimmers. Plötzlich funkelten die LED-Leuchten an seinem Rechner auf und der Bildschirm erwachte knisternd zum Leben.
»Was'n jetzt los?«, brummelte Ingo verschlafen und tappte zu seinem Schreibtisch. Auf dem Monitor erschien das Bild der Säulenhalle. Ruhig brannten die Feuerbecken vor sich hin und füllten die Halle und auch Ingos Zimmer mit ihrem flackernden Licht.
»Du wolltest weiterspielen, Ingo«, flüsterte die Stimme des Fremden aus den Lautsprechern. Ingo starrte die kleinen Boxen entsetzt an. Was um alles in der Welt geschah hier?
»Dein Wunsch soll dir erfüllt werden. Ich verrate dir nun die nächste Formel, die du verwenden musst. Gib genau Acht, denn ein weiteres Mal wirst du sie nicht erfahren.«

Gebannt stand Ingo vor dem Schreibtisch und lauschte der Stimme aus dem Nichts. Wie war sein Rechner angegangen? Er war sich sicher, dass er das Ding ausgeschaltet hatte. Steckte irgendein

Cracker hinter dieser Sache? Aber verflucht, selbst ein Cracker konnte keinen Computer einfach aus der Ferne anschalten!
Seine Finger tasteten nach dem Ausschalter und verharrten dann. Wenn er den Rechner nun einfach ausknipste, würde er vielleicht nie erfahren, was hinter dieser Sache steckte. Und es interessierte ihn schon brennend, wie sich ein Rechner so mir nichts, dir nichts anschalten konnte. Andererseits war ihm das Ganze so unheimlich, dass er am liebsten erst einmal in Ruhe darüber nachdenken würde . . .

- ➪ **Hier musst du Ingos innere Stimme sein. Wenn du denkst, dass er herausfinden sollte, was es mit diesem seltsamen Geschehen auf sich hat, lies weiter bei Teil 2 auf Seite 15.**
- ➪ **Wenn du aber der Meinung bist, dass er den Rechner schnell ausschalten sollte, lies weiter bei Teil 9 auf Seite 81.**

TEIL 5

Schnell wurde Ingo klar, dass er Nana einfach nicht allein lassen konnte, und er dachte krampfhaft darüber nach, wie er sie beide aus dieser Situation befreien konnte. In dem Moment bremste der Wagen vor ihnen scharf ab, weil ein dick vermummter Jogger über die verschneite Straße rannte. Auch der BMW mit Ingo kam schlingernd zum Stehen. Noch während der Fahrer den Jogger leidenschaftlich verfluchte, kam Ingo die rettende Idee.
Konzentriert machte er sich daran, seine Kräfte zu sammeln. Er war sich nicht sicher, ob sie für sein Vorhaben ausreichen würden, aber einen Versuch war es wert. Selbst wenn sein Plan fehlschlug, würde kaum jemand bemerken, dass er überhaupt etwas getan hatte.
Mit geschlossenen Augen tastete er mit seinen Gedanken nach dem VW-Bus, in dem Nana saß. Doch statt auf den Wagen stieß er auf etwas, was er noch nie gespürt hatte: Nanas Angst. Es war ein Gefühl, als hätte er in einen Schmelzofen gefasst. Unwillkürlich schrak er vor der übermächtigen Empfindung zurück. Noch bevor er sich dagegen abschirmen konnte, wallte weiß glühender Zorn in ihm auf. Unterdrücken konnte Ingo diese Regung nicht, dafür war sie zu stark. Stattdessen nutzte er sie für sein Vorhaben, lenkte seine Gefühle mit aller Gewalt in die richtigen Bahnen und konzentrierte sie auf den Bus.
Weder der Fahrer noch sein Kollege bemerkten, was sich auf dem Rücksitz hinter ihnen für eine Kraft zusammenbraute. Wenn einer von ihnen sich umgewandt hätte, wäre ihm vielleicht aufgefallen, dass aus der Nase ihres Gefangenen Blut tropfte, zuerst ein Tropfen

nach dem anderen, dann immer mehr, bis schließlich ein dünnes Rinnsal sein Kinn hinunterlief.
Sie fuhren gerade durch eine schmale Einbahnstraße, als Ingo zuschlug. Mit seiner ganzen gesammelten Energie.
Die Schreie der Polizisten vor ihm ließen ihn die Augen aufreißen, gerade noch rechtzeitig, um zu sehen, wie der Bus sich auf der vereisten Fahrbahn plötzlich querstellte. In voller Fahrt krachte er in einen parkenden Wagen und im selben Moment mit dem Heck auf der anderen Seite in ein anderes Fahrzeug. Das Antiblockiersystem des BMW knatterte los, als der Fahrer mit aller Kraft das Bremspedal durchdrückte. Doch wie viele Polizisten, war auch er zu schnell gefahren. Die raffinierte Technik konnte seinen Fehler nicht mehr ausgleichen und der schwere Wagen schob sich mit fast unvermindertem Tempo seitlich in den Bus.
Die Mistkerle hätten mich anschnallen sollen, schoss es Ingo durch den Kopf, bevor er gegen eine der Rücklehnen geworfen wurde. Die Wucht des Aufpralls presste ihm die Luft aus der Lunge. Vorne öffneten sich die Airbags mit einem ohrenbetäubenden Knall und die Frontscheibe zersplitterte durch den Aufprall.
Als Ingo sich stöhnend aufsetzte, erschrak er. Zum ersten Mal kam ihm der Gedanke, dass er die Männer am Ende umgebracht haben könnte. Beide Polizisten lagen reglos auf ihren Airbags, die mit leisem Zischen wieder in sich zusammensackten. Das hatte Ingo nicht beabsichtigt. Sein einziges Ziel war es gewesen, die beiden Fahrzeuge zu stoppen. Benommen zerrte er an dem Türgriff, der widerstandslos wieder zurückschnappte. Mit einem ärgerlichen Grunzen wischte er sich das Blut vom Mund und gab der Tür einen gedanklichen Stoß.
Nach dem Kraftakt, den er eben an dem VW-Bus geleistet hatte, war diese Tür kaum ein Hindernis für ihn. Sie wurde aus ihren

Angeln gesprengt, als wäre im Wageninneren eine Bombe losgegangen, und knallte scheppernd gegen ein parkendes Auto. Glassplitter regneten auf Ingo herab, während er langsam aus dem Wagen kletterte.

Vor seinen Augen waberten rote Schlieren und er zitterte am ganzen Körper. Ein Zustand, den Ingo nicht kannte, der ihm aber nur zum Teil bewusst wurde. Nanas Angst und sein Hass hatten Kräfte in ihm freigesetzt, wie er sie noch nie entfesselt hatte. Nur eines war ihm klar: Er hatte keine Kontrolle mehr über diese Kräfte. Er fühlte sich, als hätte man ihn in einen Düsenjäger gesetzt und dann auf Vollgas geschaltet. Solange er den Steuerknüppel nur festhielt und nicht bewegte, war alles okay. Aber wenn er eine zu heftige Bewegung machte, hatte er nicht mehr die geringste Chance, die Dinge nach seinem Willen zu lenken.

Der größte Teil seines Verstandes war damit beschäftigt, die wütend pulsierende Macht in ihm zu beherrschen, während ein kleiner Rest seines Bewusstseins ihn zu dem Bus staksen ließ.

Gerade, als er den VW erreichte, wurde die Beifahrertür aufgestoßen. Ein Polizist taumelte heraus und lehnte sich gegen das Fahrzeug, beide Hände auf die Platzwunde an seiner Stirn gepresst. Ein kleiner geistiger Wink von Ingo ließ ihn zusammenbrechen.

Der Fahrer des Busses starrte ihn mit weit aufgerissenen Augen an. In der Hand hielt er ein Funkgerät. »Hier SK 6«, presste er hustend hervor. »Brauchen dringend Verstärkung! Sind am Stayer-Hochhaus. Wiederhole: Brauchen dringend Verstärkung! Macht schnell, verd . . .«

Die letzte Silbe verschluckte er, als das Gerät mit einem Klirren in seiner Hand zersprang, als Ingo einen Gedankenblitz darauf lenkte. Die Seitentür des Busses glitt auf Ingos Befehl hin knirschend zur

Seite und fiel dann auf die Straße. Im Wageninneren wälzten sich gerade zwei weitere Beamte stöhnend auf ihren Sitzen. Ohne sich um sie zu kümmern, sah Ingo nach Nana. Sie lag reglos im Fußraum der zweiten Hinterbank.

Er konnte nur ihre nackten Beine und das untere Ende ihres T-Shirts sehen. Vorsichtig hob er sie auf unsichtbaren Händen empor und ließ sie langsam aus dem Auto herausschweben. In der Not, den magischen Sturm in seinem Kopf zu beherrschen, verschwendete Ingo keinen weiteren Gedanken daran, seine Gabe vor den Männern geheim zu halten. Sein ganzes Denken war auf Nana ausgerichtet. Behutsam ließ er sie in seine Arme sinken. Erst, als er sie aus seinem geistigen Griff entlassen hatte, erkannte er, dass seine Kraft kaum ausreichte, um sie zu tragen.

Wenigstens das Problem löste sich von selber. Kaum berührte er ihren warmen, erschlafften Körper, stöhnte sie und schlug die Augen auf.

»Was'n los?«, flüsterte sie und wandte den Kopf. Einen Augenblick später straffte sie sich und wehrte sich gegen seinen Griff. »Lass mich runter«, sagte sie und ließ sich von Ingo auf die Füße stellen. »Was ist hier passiert?« Sie sah zu dem bewusstlosen Beifahrer hinüber, den Ingo ausgeschaltet hatte.

»Die Kerle hatten einen Unfall«, erklärte Ingo, der sich plötzlich völlig ausgelaugt fühlte. Das magische Toben in ihm hatte mit einem Schlag aufgehört und ein unerträglicher Kopfschmerz überfiel ihn. Der Schmerz füllte ihn aus, sodass er nicht merkte, wie er am ganzen Leib zitterte vor Kälte. Immerhin stand er im tiefsten Winter in T-Shirt und Unterhosen mitten auf der Straße.

»Was machen wir jetzt?«, fragte Nana, schaute sich ratlos um und schlang bibbernd die Arme um ihren Körper.

»Wir hauen ab«, beschloss Ingo und rieb sich das blutverschmierte Gesicht. »Los, komm!«

Mit wankenden Schritten entfernten sie sich von den Autos, wobei sie sich gegenseitig stützten. Sie waren gerade einmal zehn Meter weit gekommen, als hinter ihnen ein Schrei ertönte und gleich darauf ein scharfer Knall.

»Die schießen!«, schrie Nana, fing sofort an zu rennen und riss Ingo fast um. »Na komm schon!«

Einen Herzschlag lang erwog Ingo die Möglichkeit sie beide mit Magie zu schützen, verwarf den Gedanken aber sofort. Sein Hirn fühlte sich jetzt schon an, als würde es jeden Moment seinen Schädel sprengen. Wenn er sich in diesem Zustand auf so eine Aufgabe einließ, war es nicht nur sicher, dass die Sache fehlschlug, sondern auch, dass er selbst es vielleicht nicht überlebte.

So schnell er eben konnte, rannte er hinter Nana her, die ihn mit erstaunlicher Kraft vorwärts zerrte. Geduckt hasteten sie zwischen einigen Büschen und Bäumen hindurch, die das Gelände rund um einen düsteren Wolkenkratzer schmückten. Der Warnschuss schien die übrigen Polizisten aus ihrer Erstarrung aufgeweckt zu haben. Alle, die sich noch aufrappeln konnten, nahmen die Verfolgung auf. Panisch rannten Ingo und Nana in Richtung Hochhaus. Die Schritte hinter ihnen wurden lauter.

»Lasst uns in Ruhe, verflucht«, schrie Nana in hysterischer Wut. »Was wollt ihr von uns?«

»Wir müssen um die Ecke«, ächzte Ingo, der sich am liebsten sofort zum Sterben hingelegt hätte. »Dort muss ein Hauseingang sein.« Sein Kopf dröhnte, als würde er ununterbrochen mit Hammerschlägen bearbeitet. Ein letztes Mal versuchte er seine magische Energie zu bündeln. Doch das war zu viel.

Sie erreichten gerade die Vorderfront des Wolkenkratzers, als Ingos Beine wegsackten und der Schmerz in seinem Kopf ihn fast zerriß. Er schrie auf.

»Ingo!«, keuchte Nana und zerrte ihn wieder auf die Füße. »Verflucht, steh auf!«
»Ich kann nicht mehr«, stammelte er und betrachtete das Blut, das ihm aus der Nase lief und in wenigen Sekunden sein Hemd durchnässt hatte.
»Wir haben's gleich geschafft!«, schrie Nana und heulte verzweifelt auf, als seine Knie abermals unter ihm wegknickten und er wieder strauchelte. »Komm schon!«
Halb ohnmächtig sah Ingo zu dem rettenden Hauseingang vor ihnen, während das Keuchen der Polizisten hinter ihnen immer lauter wurde. »Das schaffe ich nicht!«, ächzte er. »Lauf weiter! Na los!«
In diesem Augenblick glitten die Glastüren des Eingangs zur Seite. Ohne ein weiteres Wort zerrte Nana ihn in das Dunkel des riesigen Foyers.
»Noch ein Stück, komm!«, feuerte Nana Ingo an. »Verdammt, bewege dich!«

Unnachgiebig schleppte sie ihn auf die silbernen Aufzugtüren zu. Ingo stand unter Schock. Wie in einem Traum sah er sich um, die Geräusche drangen nur noch gedämpft an seine Ohren. Über ihnen blinkte ein rotes Licht an einer der vielen Überwachungskameras, deren schwarzes Auge sie wachsam verfolgte. Irgendetwas klickte in Ingos Kopf bei diesem Anblick, doch bevor er den Gedanken weiterverfolgen konnte, hörte er schon die Tür des einen Aufzugs aufgleiten. Das leise Ping des Fahrstuhls wirkte seltsam unwirklich nach dem Lärm der Verfolgungsjagd. Kraftlos sackte Ingo in der Kabine zusammen und schloss die Augen. Entfernt hörte er das Surren der Tür, wie sie sich schloss. Dann glitt der Aufzug sanft nach oben und die Rufe ihrer Verfolger verhallten unter ihnen.

»Wir haben's geschafft«, schluchzte Nana und setzte sich neben Ingo auf den Boden. »Oh Gott, wir haben's geschafft!«
Mühsam raffte Ingo sich so weit auf, dass er sich sitzend an die Wand lehnen konnte. »Bis sie unten den Knopf drücken und uns wieder runterholen«, gab er schwach zu bedenken.
Nana schüttelte den Kopf. »Erst einmal fahren wir ganz nach oben«, sagte sie. »Dann steigen wir aus und sehen weiter. Dieser blöde Wolkenkratzer ist so groß, dass wir uns verstecken können, bis uns eine Lösung eingefallen ist. Und wenn du dich erholt hast, kannst du auch . . .«
In diesem Augenblick kam der Fahrstuhl ruckend zum Stehen und in dem Lautsprecher der Notrufanlage knackte es.
»Ich hoffe, es geht euch beiden gut«, flüsterte eine wohl bekannte Stimme. »Ingo, ist alles in Ordnung mit dir? Bist du verletzt?«

Nana starrte ungläubig den Lautsprecher an und ließ sich dann langsam auf den Boden sinken. Sprachlos vor Entsetzen saßen beide da und konnten es nicht fassen. In dem fahlen Neonlicht der Kabine sah Nanas Gesicht furchtbar aus. Wie er selbst aussah, mochte sich Ingo gar nicht vorstellen. Er wischte sich das Blut aus dem Gesicht. Jetzt fiel ihm auch ein, warum ihm die Kamera in dem Foyer aufgefallen war. Wenn der Mistkerl so ein Genie war, was das Netz anging, konnte er sich vermutlich auch in das Sicherheitssystem dieses Hauses hacken. Er war es gewesen, der ihnen erst die Tür geöffnet hatte. Und nun saßen sie in der Falle.

»Ingo«, flüsterte der Kerl aus dem Spiel noch einmal eindringlich. »Ich weiß, dass du hier bist. Sprich mit mir!«
»Lassen Sie uns in Ruhe!«, sagte Ingo tonlos. »Ich bin verletzt und Nana geht es auch nicht gut. Bitte lassen Sie . . .«

»Ich bringe dich um, du Mistkerl!«, kreischte Nana plötzlich und sprang auf die Füße. Mit beiden Fäusten schlug sie gegen die gelochte Stahlplatte, hinter der sich der Lautsprecher verbarg. »Mir geht es sehr gut! Lass uns in Ruhe oder ich bringe dich um, das schwöre ich dir!«
»Sei still, Nana«, befahl die Stimme ruhig. »Ich spreche mit Ingo!«
»Was wollen Sie eigentlich von mir?«, brachte dieser leise hervor.
»Ich will mit dir spielen, Ingo. Das weißt du doch.«
»Lassen Sie uns hier raus«, bat Ingo. Er war zu erschöpft, um sich noch zu wehren.
»Jeden Moment muss mein Gehilfe bei euch eintreffen«, sagte der Mann beruhigend. »Bis dahin seid ihr in dem Fahrstuhl in Sicherheit. Sobald er bei euch ist, werde ich euch befreien. Geduldet euch noch einige Minuten.«
»Was ist mit der Polizei?«, fragte Nana verblüfft.
»Das wird kein Problem sein. Vertraut mir.«

Eine Weile saßen die beiden einfach nur da und starrten zu Boden. Schließlich sprang Nana auf und suchte die Kabine genau ab. Nach kurzer Zeit blieb ihr Blick an der Decke hängen. Stumm deutete sie darauf und machte ein fragendes Gesicht.
Müde raffte Ingo sich auf und trat neben sie. Dann schöpfte er plötzlich wieder Hoffnung. Dort war eine Wartungsluke, durch die man offenbar auf das Kabinendach steigen konnte. Wenn sie es schafften, unbemerkt aus der Kabine herauszukommen, konnten sie vielleicht eine Tür über ihnen erreichen und fliehen, bevor dieser »Gehilfe« eintraf.
Die Platte, die die Luke abschloss, war mit sechs Kreuzschrauben befestigt. Stumm deutete Nana darauf und Ingo faltete seine Hände zum Lotus. Obwohl er vor Kopfschmerzen fast in Ohnmacht fiel,

sobald er seine Kraft nutzte, ließ er nicht locker. Denn eigentlich war dies eine seiner leichtesten Übungen. Gekrümmt gegen die Wand gelehnt, zerrte er an den Schraubenköpfen, bis sie sich mit einem leisen Knirschen wie von selbst aus ihren Fassungen drehten. Ein paar Sekunden später fielen sie klirrend zu Boden, gefolgt von der Platte selbst, die Nana allerdings auffing.

Leise legte sie das Ding ab und spähte durch das düstere Rechteck in der Decke nach oben. Ingo wurde von einer schwarzen Woge des Schmerzes davongespült und brach kraftlos zusammen, während Nana einen kleinen Satz nach oben machte und sich dann mit einem Klimmzug auf den Fahrstuhl hinaufzog.

Ein wenig später ließ sie sich wieder in die Kabine gleiten und half Ingo hoch. »Da gibt es eine Leiter neben dem Aufzug«, wisperte sie ihm ins Ohr. »Wenn du da hochkommst, haben wir es geschafft.« Bei diesen Worten stellte sie sich unter die Luke und formte mit ihren Händen eine Räuberleiter. In seinem momentanen Zustand war es Ingo nicht mehr peinlich, sich von ihr helfen zu lassen. Benommen stellte er seinen Fuß in ihre Handflächen, hielt sich an ihr fest und stieg nach oben. Es kostete ihn seine letzte Energie, als er sich langsam durch die Luke hinaufzog. Seine Schulter verweigerte ihm fast den Dienst, aber Nana schob seine Füße so kräftig nach, dass er zuletzt doch irgendwie durchkam. Kaum hatte er sich oben hingesetzt, war sie ihm schon gefolgt.

»Siehst du die Leiter da?«, flüsterte sie und deutete auf die Sprossen an der Wand des Schachtes. »Ich helfe dir beim Aufstehen.«

So benommen er auch war, staunte Ingo doch über Nanas Kraft, mit der sie ihn auf die Füße zerrte. Ein warmes Gefühl durchflutete sein Herz, als er sich klarmachte, was sie hier gerade für ihn tat. Eng umschlungen standen sie neben der Luke und Ingo konnte zum ersten Mal in die bodenlose Tiefe des Schachtes blicken. An der Wand waren in einigem Abstand zueinander Neonröhren angebracht, deren endlose Lichterkette weit unter ihnen in einer undurchdringlichen Schwärze verschwand.

»Oh Gott!«, stöhnte Ingo und versuchte sich schnell von dem Rand des Fahrstuhls zu entfernen. Beinahe hätte er dabei Nana umgerissen.

»Pass bloß auf!«, zischte sie. »Wenn du uns da runterschmeißt, ist das Abenteuer beendet. Für immer!«

»Okay«, sagte Ingo nur. Bei der Vorstellung, diese Leiter entlangzuklettern, wurde ihm schon übel. »Auf geht's«, brachte er hervor und wollte losgehen.

»Jetzt hat das Warten ein Ende«, ertönte in diesem Augenblick unter ihnen die Stimme aus dem Lautsprecher. »Gleich seid ihr befreit.«

Mit einem Ruck setzte sich der Fahrstuhl in Bewegung. Erschrocken und hektisch versuchte Ingo in die Mitte des Kabinendaches zu gehen und stolperte dabei über ein Kabel.

»Vorsicht!«, keuchte Nana und versuchte ihn zu halten. Für einen Augenblick schwankten beide über dem Abgrund und ruderten mit den Armen, um ihr Gleichgewicht wieder zu finden. In diesem Moment hielt die Kabine ruckartig.

»Oh nein!«, stieß Nana nur tonlos hervor, als sie unaufhaltsam in den Abgrund kippten. Die Neonröhren an der Schachtwand rasten mit einem Mal immer schneller an ihnen vorbei. Einen Herzschlag später waren Ingos Kopfschmerzen verschwunden. Eine wundersame Klarheit erfüllte ihn. Noch nie in seinem Leben hatte er so genau gewusst, was er zu tun hatte.

»Mach's gut, Nana«, sagte er und löste sich aus ihrem Griff. Nana versuchte sich weiter an ihn zu klammern, doch gegen Ingos Stärke konnte sie nichts ausrichten. Einige Sekunden lang fielen sie nebeneinander durch das Halbdunkel. Dann hatte Ingo sie in seinem geistigen Griff und verlangsamte sanft ihren Fall. Er selbst raste mit geschlossenen Augen ungebremst weiter nach unten, gefolgt von Nanas gellendem Schrei, als sie erkannte, was er gerade tat. Eine andere Wahl hatte Ingo nicht. Seine Macht reichte nicht für sie beide aus.

Unsichtbare Hände trugen Nana durch die Finsternis, bis ihre Finger die schwarzen Sprossen der Rettungsleiter umschlossen hatten. Glücklich öffnete Ingo die Augen und war sich fast sicher ihre kleine Gestalt hoch über sich ausmachen zu können. Zhafir wollte nur ihn, für das Mädchen würde er sich nicht interessieren. Wenigstens Nana ist gerettet. Das war sein letzter Gedanke, bevor sein Fall im zweiten Untergeschoss des Hochhauses endete.

➪ **Du hast nun eines der möglichen Enden dieser Geschichte erreicht. Wenn du dir ein anderes suchen willst, lies weiter Teil 10 auf Seite 89.**

TEIL 6

Tut mir Leid«, erklärte Ingo nach kurzem Zögern kopfschüttelnd. »Aber das ist mir zu heiß. Ich muss einfach den Professor verständigen.«
Nana sah ihn mit gerunzelter Stirn einen Moment lang an, als überlegte sie, ob sie nun sauer sein sollte oder nicht. Zu Ingos Erleichterung zuckte sie schließlich mit den Schultern. »Okay«, sagte sie. »Es geht wohl nicht anders. Kannst du mich anrufen, wenn du daheim bist? Dann mache ich mir keine Sorgen. Bitte.«
»Klar«, versprach er und schlüpfte in seine Jacke. »Dann bis gleich. Und bleib lieber mal von dem Rechner weg.«
»Bestimmt«, versprach sie und lachte nervös. »An die Kiste bringen mich keine zehn Pferde mehr.«

Im Flur stießen sie auf Nanas Mutter, die immer noch am Telefon hing. Sie winkte Ingo zu. »Tschüss, mach's gut«, rief sie ihm halblaut hinterher und lachte dann. »Was? Nein, nicht du«, sagte sie in den Hörer. »Ein Freund von Nana – ja, der geht gerade wieder. Aber noch mal wegen der Sache mit . . .«
Sie ließ den Hörer sinken und starrte ihn verwundert an. »Einfach aufgelegt«, murmelte sie und wandte sich noch einmal Ingo und Nana zu, die sie abwartend ansahen. »Komm gut nach Hause«, sagte sie zu Ingo und legte Nana den Arm um die Schultern, die gequält die Augen rollte. »Wer bist du eigentlich?«
»Verdammt noch mal!«, schrie Nana sie halb wütend, halb im Spaß an und befreite sich aus der Umarmung. »Warum müssen Mütter

eigentlich jede Gelegenheit nutzen, um ihre Töchter mit solchem Getue zu quälen?«

Nicht nur Töchter, korrigierte Ingo sie in Gedanken. Das hier hätte seine eigene Mutter sein können.

»Rache für jahrelanges Windelwechseln«, erklärte Nanas Mutter kalt lächelnd und zwinkerte Ingo verschwörerisch zu. »Ich hoffe, du kommst uns bald mal wieder besuchen, junger Mann. Nana ist immer so alleine. Ich freue mich, wenn sie einen Spielkameraden . . .«

»Hör auf!«, brüllte Nana jetzt wirklich sauer und knuffte sie gegen die Schulter. »Es reicht!«

»Ist ja gut«, rief die Mutter grinsend und verschwand, nicht ohne noch einmal einen kritischen Blick auf das Telefon zu werfen.

»Ich hoffe, du vergisst das schnell wieder«, schnaubte Nana in gespielter Wut. Dann mussten beide über diesen Auftritt lachen.

»Keine Chance«, sagte Ingo. »Das war das erste Mal, dass ich gesehen habe, wie du so richtig ausgeflippt bist.«

»Die bringt mich noch mal um – oder ich sie«, brummte Nana und umarmte ihn. »Ruf mich an«, erinnerte sie ihn noch einmal, bevor die Tür hinter Ingo zuschnappte.

Ingo musste immer noch grinsen, während er die Treppen hinunterging. Langsam verstand er, warum Nana so lässig war. Wenn sie sich mit so einer Mutter herumschlagen musste, war das wirklich kein Wunder. Seine eigene Mutter hätte zwar kein Problem gehabt ein ähnliches Theater zu veranstalten – nur wäre es bei ihr ernst gemeint gewesen. Obwohl sie ein gutes Verhältnis zueinander hatten, gingen sie bei weitem nicht so kumpelhaft miteinander um. Aber vielleicht war so etwas auch nur zwischen Müttern und Töchtern möglich.

Der eisige Wind biss ihm schmerzhaft ins Gesicht, als er aus dem Haus trat. Fröstelnd zog er seinen Kragen hoch und vergrub die Hände tief in den Hosentaschen. Der Schnee dämpfte alle Geräusche und er hörte kaum etwas außer dem Knirschen seiner Schritte, als er rasch nach Hause stapfte. Selbst auf den großen Straßen waren kaum Autos unterwegs. Offensichtlich überlegten es sich die Leute bei diesem Wetter zweimal, ob sie riskieren wollten ihren Wagen zu Schrott zu fahren oder nicht. Und die wenigen, die doch aus irgendwelchen Gründen unterwegs waren, fuhren gerade einmal in Schrittgeschwindigkeit.
Ein schwarzer Mercedes glitt an ihm vorbei. Mitfühlend beobachtete Ingo den Fahrer, der weit über sein Lenkrad gebeugt dasaß und konzentriert die Straße vor sich beobachtete. Ihre Augen trafen sich und Ingo wurde plötzlich noch kälter. Irgendetwas an dem Mann kam ihm seltsam vor. Es mochte an dem Licht der Laternen und der Tönung der Frontscheibe liegen, aber das Gesicht hinter dem Steuer sah unnatürlich bleich aus, geradezu kalkweiß. Seine Augen dagegen wirkten wie zwei schwarze Löcher, völlig leblos und leer. Doch bevor Ingo sich den Mann noch einmal genauer ansehen konnte, war der Wagen auch schon an ihm vorbei und verschwand lautlos hinter einer Ecke.
Kopfschüttelnd schob Ingo den Gedanken beiseite. Er sollte sich lieber überlegen, wie er es anstellen sollte, den Professor zu erreichen. Theoretisch wusste er, was zu tun war, aber er hatte diese Technik noch nie alleine ausprobiert und schon gar nicht über größere Entfernungen hinweg. In Gedanken sagte er sich schon den Spruch vor, der die Verbindung zu seinem Meister herstellen sollte. Wenn er es erst einmal geschafft hatte, den Alten zu erreichen, war der Rest kein Problem mehr. Dann konnte der Professor die Verbindung übernehmen und halten, während Ingo ihm einfach

alles übermittelte, was in den letzten zwei Tagen geschehen war. In Sekunden würde sein Meister besser informiert sein als nach einer stundenlangen Erzählung.
Bei seinen ersten Versuchen hatte Ingo diese Möglichkeit der Verständigung wirklich fasziniert. Das war revolutionär! Es würde noch lange dauern, bis die Technik eine Leitung entwickelte, die so einen gewaltigen Datenstrom in so kurzer Zeit weiterleiten konnte.

Trotz seiner warmen Stiefel spürte Ingo seine Füße kaum noch, als er endlich in die kleine Straße einbog, in der die Villa des Professors lag. Der Gehsteig war von einer völlig unberührten Schneeschicht bedeckt und auch die parkenden Autos waren in tiefsten Winterschlaf gefallen. Die ruhige Winterstimmung nahm Ingo ein wenig seine Sorge über diesen Kerl aus dem Spiel. Mittlerweile bedauerte er es schon, nicht bei Nana geblieben zu sein. Wahrscheinlich würde der Professor ihn ordentlich anschnauzen, weil Ingo ihn wegen so einer Kleinigkeit gestört hatte. Aber nun hatte er es sich einmal vorgenommen und jetzt wollte er die Sache auch durchziehen. Außerdem war der Gedanke unerträglich, Nanas Angebot am Ende völlig umsonst ausgeschlagen zu haben.
Leise pfeifend drückte er das Gittertor auf und betrat den Garten. Schon hatte er es wieder hinter sich geschlossen und wollte auf das Haus zugehen, als er noch einmal stehen blieb und nachdenklich den schwarzen Mercedes auf der anderen Straßenseite betrachtete. Der Wagen stach unter den anderen parkenden Autos hervor, weil er als einziger nicht mit Schnee bedeckt war. Langsam öffnete Ingo das Tor, überquerte die Straße und besah sich den Wagen genauer. Feine Flocken rieselten auf den schwarzen Lack herunter, die sich auf der breiten Motorhaube sofort in feinen Dampf verwandelten.

Der Fahrer musste seine Karre erst vor wenigen Minuten hier abgestellt haben. Man konnte seine frischen Fußspuren noch im Schnee erkennen. Ein Schauer lief Ingo über den Rücken, als er ihnen folgte. Sie führten am Heck vorbei, quer über die Straße auf den Gehsteig – und direkt in den Garten des Professors.

Einen Moment lang zögerte Ingo und dachte darüber nach, die Polizei zu rufen. Dann riss er sich zusammen. Es würde wohl kaum ein Polizist bei ihm vorbeischauen, nur weil er ein paar Spuren im Schnee entdeckt hatte. Und selbst wenn eine Streife käme – Ingo würde doch aussehen wie der letzte Feigling. Außerdem hatte der Professor ihm erst kürzlich erzählt, dass er das Haus mit neuen Schutzzaubern ausgestattet hätte. Wenn dieser Eindringling etwas Böses im Schilde führte, würde er sein blaues Wunder erleben.
Mit einem Schulterzucken trat Ingo durch das Tor. Wegrennen konnte er im schlimmsten Fall immer noch.

Geduckt ging er den Fußspuren nach. Der Eindringling war vom Tor aus geradewegs auf das Haus zugegangen. Es waren noch etwa dreißig Meter bis zum Haus, als die Spur auf einmal die Richtung wechselte. Irritiert richtete sich Ingo auf und sah sich um, als direkt neben ihm ein Busch in Bewegung geriet und seine gesamte Schneelast abschüttelte.
»Ingo«, sagte der schwarz gekleidete Mann tonlos, der nun aus seinem Versteck hervortrat und sich vor ihm aufbaute.
Voll plötzlichem Grauen starrte Ingo in das totenbleiche Gesicht des Mannes hinauf, dessen leblose, schwarze Augen unbewegt auf ihm lagen. Es war der Kerl, der ihm schon auf dem Herweg aufgefallen war.
»Du wirst mich begleiten. Mein Herr will mit dir spielen.«

Einen Herzschlag lang war Ingo wie gelähmt vor Schreck. Doch als der Mann seine Hand nach ihm ausstreckte, fiel die Starre ebenso plötzlich wieder von ihm ab. Mit einem Schrei machte er einen Satz nach hinten und rannte los. Er hatte nicht die leiseste Ahnung, wer oder was dieser Typ war, aber eines war sicher: Das war kein normaler Mensch. Und während der letzten Monate hatte Ingo gelernt seinen Gefühlen zu trauen, wenn es um solche Dinge ging. Keuchend hastete er zum Tor zurück. Vielleicht wäre es doch eine ganz gute Idee gewesen, die Polizei zu rufen. Aber dafür war es nun zu spät und er musste sehen, dass er diesem seltsamen Kerl entkam. Ohne auch nur einmal über die Schulter zu sehen, hetzte er die Straße hinunter. Verzweifelt dachte er darüber nach, wo um diese Uhrzeit noch Menschen unterwegs waren.

Schließlich entschied er sich in Richtung Marsallee zu rennen. Auf der waren immer Autos unterwegs, und wenn er jemanden anhalten konnte, war er fürs Erste in Sicherheit. Als er es nach einigen hundert Metern wagte, sich umzuschauen, konnte er niemanden hinter sich sehen. Schon wollte er erleichtert aufatmen, als am Ende der Straße ein Motor aufdröhnte und der schwarze Mercedes mit aufgeblendetem Fernlicht viel zu schnell auf ihn zuschoss.

Sofort setzte Ingo seine Flucht fort. Solange er in Bewegung blieb, hatte der Kerl keine Chance ihn zu erwischen, da er selbst erst einmal aussteigen musste, um zwischen den parkenden Autos hindurchzukommen, die sie voneinander trennten. Wenige Sekunden später hatte der Mercedes ihn eingeholt, bremste ab und fuhr dann direkt neben Ingo her. Es war eine seltsame Verfolgungsjagd, da Ingo nach einiger Zeit so erschöpft war, dass er immer langsamer wurde.

Einmal versuchte der bleiche Kerl sein Glück und sprang aus dem Wagen. Doch im selben Moment beschleunigte Ingo wieder und ließ ihn weit hinter sich, worauf sein Verfolger erneut in seinen Wagen stieg und ihn nach kurzer Zeit wieder eingeholt hatte. Die letzten hundert Meter bis zur Marsallee legten sie fast im Schritttempo zurück, wodurch die wilde Jagd eher zu einem Wettspazieren wurde.

Doch es war nur eine Frage der Zeit, bis Ingo die Kraft ausging. Dann spätestens würde ihn der Mistkerl ohne Mühe auflesen und zu seinem Herrn bringen können. Fieberhaft dachte Ingo über eine Lösung nach. Als die Marsallee in Sicht kam, kam ihm die rettende Idee. Gerade fuhr eine Straßenbahn in die Haltestelle an der Allee ein. Jetzt musste Ingo nur noch den richtigen Augenblick erwischen. Er wartete noch einen Herzschlag, dann sprintete er los.

Der Mercedes heulte wütend auf, als der Fahrer Gas gab und die Reifen auf der glatten Straße durchdrehten. In Gedanken zählte Ingo die Sekunden hinunter, bis sich die Türen wieder schlossen. Ohne nach links oder rechts zu schauen, sprang er quer über die Autofahrbahn. Ein Sportwagen wich ihm hupend aus und geriet für einen Moment ins Schleudern, während Ingo in die Straßenbahn hechtete, gerade als die Türen sich wieder schlossen.

Schweißüberströmt ließ er sich auf einen der Sitze fallen und beobachtete den Mercedes, der schlingernd in die Marsallee einbog und dadurch ein weiteres Hupkonzert verursachte. Grinsend zeigte Ingo dem bleichen Kerl den Finger, während die Straßenbahn davonglitt. Er hätte sich am liebsten selber einen Orden verliehen. Das hier war einfach genial. Bei dem Schnee konnte kein Auto die Straßenbahn einholen. Jetzt musste er sich nur noch überlegen, an welcher Haltestelle es eine Polizeiwache gab, und dann dort aussteigen.

Immer noch schwer atmend, lehnte er sich in seinen Sitz und sah sich den Plan an der Tür an, um enttäuscht festzustellen, dass es erst elf Stationen weiter eine Wache gab. Jetzt musste er gute zwanzig Minuten hier hocken bleiben. Andererseits konnte er sich in der Zeit wenigstens etwas erholen. Mit geschlossenen Augen lehnte er sich zurück und atmete tief durch.

In diesem Augenblick wurde er wieder von einer gellenden Hupe direkt neben seinem Fenster aufgeschreckt. Sein Blick weitete sich vor Entsetzen, als er den schwarzen Mercedes neben sich sah. Der Wagen jagte trotz der Eisglätte in derselben Geschwindigkeit wie die Straßenbahn dahin und scheuchte die anderen Autos unter wütendem Hupen beiseite. Offensichtlich war dem Kerl völlig egal, was mit seinem Wagen geschah. Über kurz oder lang würde er einen Unfall bauen. Die Frage war nur, ob er Ingo noch vorher erwischte.

Einen Moment später erkannte Ingo, dass er sich schnell etwas einfallen lassen musste. Sie fuhren gerade über die Friedrichsbrücke. Bis zur nächsten Haltestelle war es vielleicht noch eine Minute und der bleiche Mann würde dort auf ihn warten. Er musste aus diesem Waggon raus! Sein Blick fiel auf die Notbremse und noch im selben Augenblick zog er daran. Ein ohrenbetäubendes Kreischen ertönte, als die Reifen blockierten und funkensprühend über die Gleise rutschten. Noch bevor der Zug zum Stehen gekommen war, hatte Ingo die Tür mit dem Nothebel geöffnet und war auf die Straße gesprungen.

Er hatte Recht gehabt. Zweihundert Meter weiter stand der Mercedes quer auf der Straße und an der Haltestelle zeichnete sich die große Gestalt des Mannes dunkel gegen eine Reklametafel ab. Ohne weiter nachzudenken, setzte Ingo über die Fahrbahn zum Gehsteig hinüber und rannte los, zurück in die Richtung, aus der er gekommen war. Als er sich umsah, entfuhr ihm ein verzweifeltes Schluch-

zen. Der bleiche Mistkerl war wieder in sein Auto gestiegen und folgte Ingo, ohne sich darum zu kümmern, dass er auf der falschen Straßenseite fuhr. Und auf dieser verfluchten Brücke gab es keine parkenden Autos, hinter die Ingo flüchten konnte.
In wilder Panik rannte Ingo weiter an dem eisernen Geländer entlang, bis der Wagen neben ihm schleudernd zum Stehen kam. Stumm beobachtete Ingo seinen Verfolger, der ruhig ausstieg und auf ihn zuging. In dem toten Gesicht zeichnete sich nicht der leiseste Triumph über den Sieg ab, was irgendwie noch viel schrecklicher war als das böseste Grinsen.
»Du wirst mit mir kommen, Ingo«, sagte der Mann ruhig. »Zu fliehen hat keinen Sinn. Mein Herr wird dich immer finden. Ich werde dich immer finden.«
»Das werden wir ja sehen«, flüsterte Ingo und spähte über das Brückengeländer nach unten. Es waren gute vier Meter dort hinab, aber zwischen den Eisenbahngleisen lag eine dicke Schneeschicht, die seinen Sprung abfedern würde. Er durfte nur nicht direkt auf den Schienen landen.
»Komm mit mir«, wiederholte der Kerl und streckte seine Hand nach Ingo aus.
»Nein!«, schrie Ingo und setzte über das Geländer hinweg.

Der Aufprall war viel härter, als er gedacht hatte. Ein furchtbarer Schmerz schoss durch seinen rechten Knöchel und er fiel brüllend auf die Seite. Sein Kopf schlug auf eine Schiene auf und einen Moment lang wurde ihm schwarz vor Augen. Wimmernd lag er da und hielt seinen Knöchel umklammert, als neben ihm Schritte knirschten.
»Das hat keinen Sinn«, stellte der Mann tonlos fest. »Wir werden dich immer find . . .«

Der Boden unter Ingo bebte leise. Er öffnete die Augen und sah durch einen Tränenschleier zu seinem Verfolger hoch. Der stand da und starrte über ihn hinweg. In seinem Gesicht zeichnete sich zum ersten Mal so etwas wie Verwirrung ab. Langsam wandte Ingo den Kopf und sah in dieselbe Richtung. Eine halbe Sekunde lang wurde er noch von den gleißenden Scheinwerfern des Güterzuges geblendet, bevor das stählerne Monster über sie beide hinwegdonnerte.

⇨ **Du hast nun eines der möglichen Enden dieser Geschichte erreicht. Wenn du dir ein anderes suchen willst, lies weiter bei Teil 7 auf Seite 59.**

TEIL 7

Okay«, gab er nach und versuchte seine Nervosität zu verstecken, so gut es ging. »Bis morgen wird das warten können.«
»Sehr schön«, sagte sie und grinste. »Jetzt bin ich mal gespannt, ob du dir auch ’ne Zahnbürste herzaubern kannst.«
»Selbstverständlich«, erklärte Ingo würdevoll. »Sogar schon mit Zahnpasta darauf. Leider klappt das mit meinem Schulkram noch nicht so richtig. Ich muss morgen früh schnell weg, damit ich noch zu Hause vorbeischauen kann.«

Den restlichen Abend über löcherte Nana ihn mit Fragen über seine Magierlehre und er konnte sich nicht zurückhalten, ihr noch ein paar kleine Tricks zu zeigen. Aus ihrem anfänglichen Misstrauen wurde bald restlose Begeisterung und Ingo sonnte sich in ihrer Bewunderung.
Allerdings plagte ihn ein wenig das schlechte Gewissen gegenüber dem Professor. Sein Meister hatte ihm schon mehrfach das Versprechen abgenommen niemandem von seinen Kräften zu erzählen. Aber das hier war schließlich so etwas wie höhere Gewalt, oder? Ohne dieses seltsame Game hätte er Nana doch nie und nimmer gezeigt, was und wer er in Wirklichkeit war.

Gegen ein Uhr morgens schließlich machte Nana das Licht aus und sie gingen ins Bett. Bevor Ingo auch nur Gute Nacht sagen konnte, hatte sich Nana an seine Schulter gekuschelt und war eingeschlafen. Stocksteif lag er da und lauschte ihren gleichmäßigen Atemzügen,

ohne selbst ein Auge schließen zu können. Irgendwie hatte er sich das alles anders vorgestellt.
Aber da er sich nicht traute sich auch nur zu bewegen, um Nana nicht zu wecken, dachte er noch ein wenig über dieses Spiel nach. Er hatte nicht die leiseste Ahnung, worauf sie da gestoßen waren. Aber es war verflucht beunruhigend und er sehnte sich danach, seine Sorgen mit dem Professor besprechen zu können. Über dem Gedanken, wie er es am nächsten Tag anstellen wollte seinen Meister zu erreichen, schlief auch er endlich ein, den Arm um Nanas Schulter gelegt.

Ingo fuhr hoch und starrte die Zimmertür an. Ein unglaublicher Knall hatte ihn aus dem Schlaf gerissen. Neben ihm riss Nana ebenfalls die Augen auf und rappelte sich hoch.
»Was war'n das?«, keuchte sie und blinzelte verwirrt in das Dunkel.
»Keine Ahnung«, stieß Ingo hervor.
In diesem Moment platzte die Tür aus dem Rahmen und schlug krachend gegen ein Bücherregal. Mehrere dunkle Gestalten mit schwarzen Gesichtern starrten zu ihnen ins Zimmer. Ingo wurde es eiskalt, als vier bleistiftdünne Lichtstrahlen rot glühend nach ihnen tasteten.
»Keine Bewegung!«, rief einer der Männer. »Polizei! Hände hoch!«
Bevor Ingo und Nana auch nur begriffen, was los war, hatten zwei der Männer sie mit festen Griffen auf den Bauch gedreht und ihnen ihre Knie zwischen die Schultern gepresst.
»Aua!«, schrie Nana schrill. »Loslassen!«
»Sei still!«, schnaubte einer der Polizisten und hielt weiter ihre Arme fest, bis sie vor Schmerzen kreischte.
»Lasst sie los!«, keuchte Ingo verzweifelt, während sich eiskalte Handschellen um seine Gelenke schlossen. In ihm brodelte ab-

grundtiefer Hass empor. Er fühlte sich so hilflos, er hatte solche Angst – und nicht die geringste Ahnung, was hier vorging.
Der Mann neben ihm drückte sein Knie so fest in Nanas Rücken, dass sie das Gesicht nicht mehr aus ihrem Kissen heben konnte und ihre Schreie erstickt wurden.
»Sie kriegt keine Luft!«, schrie Ingo aus Leibeskräften. »Verflucht, geh runter von ihr!«
Plötzlich schien sich seine Wut in ihm zu einer Faust zu ballen, die wie ein unsichtbarer Hammer auf den Mann niederfuhr. Niemand außer Ingo verstand, was hier vor sich ging. Die anderen Polizisten sahen nur, wie ihr Kamerad von dem Mädchen heruntergeschleudert wurde und mit einem dumpfen Schlag gegen die Zimmerwand prallte.
»Verdammt!«, brüllte einer der Männer, die noch in der Tür standen, und stürzte sich auf Nana, die sich schwach auf die Seite zu wälzen versuchte. »Halt bloß still, Kleine!«, keuchte er und riss sie vom Bett hoch. Auch Ingo wurde grob auf die Beine gestellt und von einem der Polizisten mit stählernem Griff festgehalten.
Sein Kopf dröhnte, als hätte man ihm einen Hammer über den Schädel gezogen, und seine Nase blutete ein wenig. Er hatte etwas getan, wovor ihn sein Meister immer wieder gewarnt hatte – er hatte die Magie zum Werkzeug seiner Gefühle gemacht, als er den Mistkerl gegen die Wand geschleudert hatte. Dennoch beobachtete er in grimmiger Zufriedenheit, wie die Polizisten ihrem Kollegen gemeinschaftlich auf die Beine halfen.

Die Polizisten in den schwarzen Kampfanzügen zerrten Ingo und Nana die Treppen hinunter und auf die Straße. Ingo wurde noch wütender, als die Kälte ihm schneidend entgegenschlug. Beide trugen sie nur ihre Unterwäsche – Nana einen Slip und ein graues

Flanellshirt, er selbst ein T-Shirt und seine Boxershorts. Dabei hatte es bestimmt zehn Grad minus und der Wind schob immer weitere Schneemassen vor sich her. Die Polizisten schien es nicht zu stören, dass sie zu zittern begannen, kaum dass sie das Haus verlassen hatten.

Auf der Straße warteten mehrere Autos und noch mehr Polizisten in Zivil. Wie betäubt ließ Nana sich von den Männern zu einem der Autos führen. Erst als sie erkannte, dass Ingo von ihr getrennt werden sollte, kam wieder Leben in sie.

»Lassen Sie uns doch zusammen fahren, bitte!«, rief sie und versuchte kraftlos sich ein letztes Mal zu wehren. Doch die Polizisten drückten sie nur wortlos auf den Hintersitz eines VW-Busses, während Ingo in einen BMW verfrachtet wurde. Kaum waren die Türen verschlossen, fuhren die Wagen an.

Ingo beobachtete, wie einer der Polizisten sich zu dem Funkgerät im Armaturenbrett vorbeugte und das Mikrofon in die Hand nahm.

»SK 6 hier«, erklärte er schwer atmend. »ZEL, hören Sie mich?«

»SK 6, hier ZEL«, tönte es aus dem Lautsprecher. »Haben Sie die Zielpersonen?«

Die Polizisten warfen sich zufriedene Blicke zu. Doch keiner von ihnen sah nach hinten und deshalb bemerkte auch keiner, dass Ingos Gesicht kalkweiß geworden war und er den Lautsprecher in wortlosem Entsetzen anstarrte.

Diese Stimme kannte er. Es war der Kerl aus dem Spiel.

»Beide Zielpersonen verhaftet, ZEL«, sagte der Mann vorne schließlich. »Wir haben auch die Eltern des Mädchens mitgenommen. Keine Verletzten.«

»Sehr gut, SK 6«, lobte die Stimme fröhlich. »Dann bringen Sie uns

Ihren Fang mal schnell heim. Die beiden Jugendlichen werden schon erwartet.«
»Alles klar, Ende«, nickte der Polizist, hängte das Mikro ein und drehte sich zu Ingo um. »So, Kleiner«, brummte er. »Ich schätze, jetzt wirst du 'ne Menge Ärger bekommen.« Damit wandte er sich seinem Kameraden zu. »Wo sollen wir sie hinbringen? Wiebke-Sperlich-Straße, oder?«
Der andere nickte nur. »Schätze, du fährst am besten über den Mittleren Ring. Sollte jetzt einigermaßen geräumt sein.«

Ingo versuchte krampfhaft seine Kopfschmerzen zu ignorieren und nachzudenken. Weder Nana noch er hatten etwas Verbotenes getan, doch diese Polizisten behandelten sie mit einer Brutalität und Vorsicht, als wären sie Massenmörder. Und dann diese Stimme aus dem Lautsprecher . . .
»Ich hab's!«, keuchte er leise. »Verflucht, jetzt kapiere ich das Ganze!«
»Was willst du?«, schnaubte der Fahrer und beobachtete ihn durch den Rückspiegel.
Ingo schüttelte stumm den Kopf und sah in das Schneetreiben hinaus. Diese Kerle konnte er nicht von seiner Unschuld überzeugen. Sie hatten ihre Befehle und von denen würden sie bestimmt um keinen Millimeter abweichen.
Irgendwie musste dieser Kerl aus dem Spiel es geschafft haben, in den Polizeicomputer einzudringen. Wahrscheinlich hatte er Nana und ihn zu Terroristen oder so gemacht und dann eine Meldung geschickt, wo sie zu finden wären. Und wenn er so einfach in fremden Systemen herumpfuschen konnte, war es für ihn sicher auch kein Problem, die Sache mit der Funkverbindung hinzukriegen.

Dieser Mistkerl war verflucht schlau, wer immer es auch sein mochte. Nun hatte Ingo nicht einmal mehr die Möglichkeit den Professor zu Hilfe zu rufen. Ein eisiges Gefühl kroch seinen Rücken hinauf, als ihm dämmerte, dass am Ende genau das beabsichtigt gewesen sein konnte. Stumm verfluchte er sich dafür, dass er bei Nana geblieben war statt nach Hause zu gehen.

Jetzt war es sicher: Er hatte alleine keine Chance gegen diesen unsichtbaren Gegner. Er musste Hilfe holen und dazu musste er aus diesem verdammten Karren heraus! Mühsam zwang er sich dazu, etwas ruhiger zu atmen und sich zu entspannen. Langsam schloss er die Augen. Zuerst einmal die Handschellen ...

Vor seinem inneren Auge stellte er sich das Schloss unter dem glänzenden Stahl vor. Er hatte keine Ahnung, wie es tatsächlich konstruiert war, aber das spielte auch keine allzu große Rolle. Es ging nur darum, dass er den Riegel irgendwie aufbekam, der seine Gelenke festhielt.

Seine Kopfschmerzen wurden immer schlimmer und seine Nase blutete so stark, dass seine nackten Oberschenkel sich von den Tropfen schon rot verfärbten. Trotzdem gab er nicht auf und wurde nach einigen endlosen Sekunden durch ein dünnes Klicken belohnt. Der Druck der Handschellen gab nach und er massierte sich hinter dem Rücken die schmerzenden Gelenke. Nun musste er nur noch auf eine Gelegenheit warten, bis er fliehen konnte.

Angespannt verfolgte er ihre Fahrt. Sie fuhren gerade am kleinen Stadtpark entlang. Hier kannte er jeden Winkel. Wenn es einen Ort gab, wo er den Polizisten entkommen konnte, dann dieser. Seine Finger tasteten nach dem Türgriff, als ihm einfiel, dass er Nana dann alleine lassen musste. Und der Kerl aus dem Spiel hatte gesagt, dass sie beide erwartet würden ...

➪ **Hier musst du Ingo helfen. Wenn du denkst, dass er bei seinem Vorhaben bleiben sollte, lies weiter bei Teil 10 auf Seite 89.**

➪ **Wenn du der Meinung bist, dass er Nana nicht im Stich lassen sollte, lies weiter bei Teil 5 auf Seite 37.**

TEIL 8

Bebend vor Angst und Kälte, lehnte sich Ingo gegen die Zellenwand. Auch seine Oberschenkel hatten mittlerweile dieselbe dunkle Blaufärbung wie seine Füße angenommen. In wenigen Minuten würde er unterhalb der Knie vermutlich gar nichts mehr spüren und dann konnte er sich auf ein Leben ohne Füße einstellen. Vor einiger Zeit hatte er einen Beitrag im Fernsehen über Erfrierungen bei Bergsteigern gesehen. Vor seinem inneren Auge erschienen Bilder von schwarz verfärbten Zehen und Fingern, die man amputieren musste, weil man sonst bei lebendigem Leib verfaulte.

Ingo erkannte, dass es keinen Sinn hatte, die Flucht fortzusetzen. Er musste warten, bis dieser Zhafir ihn abholen ließ. Ohne Hilfe war er am Ende und im Moment schien nur sein Gegner ihm helfen zu können.

Widerstrebend nahm er den Hörer wieder in die Hand. »Hallo«, sagte er heiser. »Sind Sie noch da?«

»Natürlich, Ingo«, erwiderte Zhafir freundlich. »Ich bin immer für dich da. Was ist los?«

»Ich werde warten«, heulte Ingo. »Aber wenn Sie Nana nicht gehen lassen, werde ich Sie umbringen, verstanden?«

»Man kann mir sicherlich vieles vorwerfen«, war die leise Antwort. »Aber ich breche mein Wort nicht. Sowie du mir gegenüberstehst, werde ich veranlassen, dass Nana und ihre Eltern wieder nach Hause gebracht werden.«

»Okay«, wisperte Ingo. Am liebsten hätte er einfach aufgelegt. Aber im Moment fühlte er sich so elend, dass ihm ein Gespräch mit seinem Gegner noch lieber war als ganz alleine zu sein. »Wann kommt Ihr Typ denn endlich?«

»Er fährt in diesem Augenblick durch den Parkeingang«, beruhigte Zhafir ihn. Seine Stimme hatte einen warmen, fast zärtlichen Tonfall. »Ingo, wie geht es dir?«

»Beschissen«, schluchzte Ingo mit geschlossenen Augen. »Ich erfriere. Meine Füße spüre ich schon nicht mehr. Oh Gott, bitte helfen Sie mir!«

»Gleich kannst du in ein warmes Auto steigen. Wenn mich nicht alles täuscht, solltest du schon die Scheinwerfer sehen können.«

Hastig sah sich Ingo um. Tatsächlich, gerade tauchten in der Ferne zwei Scheinwerfer auf, die sich rasch näherten. Schließlich kam ein schwarzer Mercedes schleudernd neben der Telefonzelle zum Stehen und die Beifahrertür wurde aufgestoßen.

»Er ist da«, sagte Ingo und ließ den Hörer fallen, ohne eine Antwort abzuwarten. Erleichtert drückte er die Zellentür auf und stolperte auf das Auto zu. Obwohl er sich selbst dafür hasste, war er Zhafir unglaublich dankbar für diese Rettung. Kaum hatte er sich auf den Beifahrersitz fallen lassen und die Tür zugezogen, gab der Fahrer Gas und der Wagen rauschte durch den dunklen Park davon.

Zusammengekauert saß Ingo da, massierte seine halb erfrorenen Glieder und genoss die Wärme in dem Auto. Die Heizung lief auf vollen Touren und der Fahrer schwitzte sich in seinem dicken, schwarzen Mantel zu Tode. Nachdem Ingo seine Füße eine Weile geknetet hatte, spürte er erleichtert, wie wieder Leben in seine Zehen kam, und er begrüßte den Schmerz. Die Horrorvision von einer Amputation verblasste und er lehnte sich erleichtert in dem Sitz zurück und streckte die Beine aus.

Erst da fiel ihm auf, dass in der heißen Luft im Wageninneren ein

seltsamer, süßlicher Geruch lag, der ihm Übelkeit verursachte. Langsam wandte er sich dem Fahrer zu.
In der Dunkelheit konnte er kaum etwas erkennen, aber das wenige, was er im flüchtigen Schein einer Laterne sah, ließ ihn zurückfahren vor Entsetzen. Das Gesicht des Mannes war kalkweiß und ohne eine Spur von Leben. Auch die Augen waren völlig leblos. Doch das Schlimmste war, dass Ingo in ihnen keine Iris erkennen konnte. Die Augäpfel waren einfach nur pechschwarz. Wie dunkle Perlen lagen sie in ihren tiefen Höhlen und starrten unbewegt auf die verschneite Straße vor ihnen.
Mit Mühe musste Ingo einen Schrei unterdrücken. Doch die Vorstellung, dass dieses Wesen sich ihm zuwenden würde, war so schrecklich, dass er tatsächlich den Mund hielt. Stumm kauerte er sich wieder in seinem Sitz zusammen und versuchte so viel Abstand wie möglich zu seinem Fahrer zu halten, während der brennende Schmerz in seinen Händen und Füßen langsam nachließ und angenehmer Wärme wich.

Der bleiche Mann steuerte den Mercedes so ruhig wie ein Autopilot über die verschneiten Straßen. Nach einer Viertelstunde erreichten sie eine vornehme Wohngegend mit teuren, neu gebauten Wohnsiedlungen. Schließlich bogen sie in die Einfahrt einer Tiefgarage ein, deren Tor wie von selbst in die Höhe glitt.
»Wo sind wir denn hier gelandet?«, sagte Ingo leise. Eigentlich hatte er nur mit sich selbst gesprochen, aber Zhafirs Gehilfe hatte offenbar ein gutes Gehör.
»Bei mir zu Hause«, sagte er in einem schauerlichen, leblosen Ton, bei dem Ingo zusammenzuckte. »Es ist die nächste Möglichkeit.«

Während Ingo darüber nachdachte, was für eine Möglichkeit das

hier sein sollte, glitt der schwere Wagen in die hell erleuchtete Garage hinunter. Ein hysterisches Kichern entfuhr Ingo. Irgendwie passte es nicht, dass dieses Monster neben ihm ein ganz normales Zuhause haben sollte. So jemand schlief in einem Sarg oder in einer alten Villa, aß rohes Menschenfleisch und so – aber bestimmt parkte er nicht seinen Mercedes auf dem Stellplatz E 36. Vor allem nicht, wenn das Auto sich seinen Platz mit einem Surfbrett und einem Mountainbike teilen musste.
Mit einem Seitenblick musterte Ingo seinen Fahrer noch einmal genauer und ihm wurde kalt. Offensichtlich hatte dieser Mann ein ganz normales Leben geführt, bevor er Zhafir in die Hände gefallen war. Einen Moment lang dachte Ingo darüber nach, sich schleunigst aus dem Staub zu machen, begrub den Gedanken aber sofort wieder. Um seine eigene Haut konnte er sich Sorgen machen, wenn Nana in Sicherheit war.
Und dann geschah etwas, was Ingo erstarren ließ vor Entsetzen. Der bleiche, tote Mann ging langsam um sein Auto herum und berührte mit einer Hand das Surfbrett. Fast zärtlich strich er über die weiße Oberfläche.
»Damit habe ich einen Preis gewonnen«, sagte er nachdenklich und einen winzigen Augenblick lang mischte sich in seine tonlose Stimme so etwas wie Stolz. »Ein phantastischer Tag. Solche Wellen habe ich noch nie vorher . . .«
Plötzlich verstummte er und riss den Kopf zurück. Am ganzen Körper zuckend, stand er da, den Blick an die Decke gerichtet, und gab ein lang gezogenes Stöhnen von sich, das Ingo furchtsam einige Schritte zurücktreten ließ. Er hatte unwillkürlich das Bild vor Augen, dass jemand den Mann an unsichtbaren Zügeln nach hinten gerissen hatte.
Einige Sekunden später straffte sich die Gestalt des Mannes wieder

und er wandte sich zu Ingo um. »Gehen wir«, sagte er ohne Betonung und steuerte auf den Fahrstuhl zu.
Ingo folgte ihm, in Gedanken versunken. Der Professor hatte ihm davon erzählt: Ein Dämon war dazu in der Lage, einen Menschen zu töten, um dessen Körper für seine Zwecke zu nutzen. Offenbar hatte dieser Mann jedoch noch einen letzten Rest von Eigenleben in sich. Zhafir hatte ihn zwar völlig unter Kontrolle, aber nur, wenn er ohne Unterbrechung auf ihn einwirkte. Als der Mann sein Surfbrett gesehen hatte, musste sich sein eigentliches Ich so sehr aufgebäumt haben, dass er Zhafirs Griff für einige Sekunden entkommen war.

Die Türen des Aufzugs öffneten sich und sie stiegen ein. Der Mann drückte den Knopf für den sechsten Stock und betrachtete sich dann in dem großen Spiegel, mit dem die Kabine ausgekleidet war. Zu Ingos Entsetzen fing er an mit geübten Griffen seinen Krawattenknoten nachzuziehen und den Hemdkragen zu glätten. Es war ein grausamer Hohn, dass dieser Tote mit den schwarzen Augen hier seine Kleidung ordnete, wie ein ganz normaler Mann auf dem Weg ins Büro.
Im Erdgeschoss stoppte der Fahrstuhl plötzlich und eine Frau von etwa dreißig Jahren stieg ein. Sie trug ein schickes Kostüm unter ihrem Mantel und wirkte müde und etwas angeheitert. Offenbar kam sie gerade von einer Party.
»Schönen Abend, Herr Krenn«, sagte sie freundlich lächelnd und drückte den Knopf für den vierten Stock. »Sie sind ja auch noch ganz schön spät unterwegs.« Ihr Blick fiel auf Ingo, dem jetzt plötzlich wieder klar wurde, dass er nur in T-Shirt und Unterhosen dastand.
»Ist das nicht ein bisschen kühl?«, fragte sie und verzog belustigt das Gesicht.

»Ich wollte nur schnell was aus dem Auto holen«, erwiderte Ingo automatisch und dann erst erkannte er, dass er gerade Zhafir zu decken versuchte. Andererseits hätte es kaum einen Unterschied gemacht, wenn er ihr die Wahrheit gesagt hätte. Es war nicht anzunehmen, dass sie ihm geglaubt hätte.
»Gott, ich bin vielleicht fertig«, sagte die Frau lachend, zu dem Mann gewandt. »Diese Betriebsfeste sind eine Pest. Sie sehen aber auch ein bisschen k.o. aus.«
Gespannt beobachtete Ingo das bleiche Gesicht seines Begleiters. Offenbar fiel der Frau nicht auf, dass sie hier mit einem toten Mann den Fahrstuhl teilte. Sie schien weder die völlig schwarzen Augäpfel zu sehen, noch bemerkte sie den süßlichen Verwesungsgeruch. Dennoch runzelte sie die Stirn, als ihr Nachbar ihr nicht antwortete, sondern nur starr den Spiegel betrachtete, ohne eine Miene zu verziehen.
»Na dann gute Nacht«, sagte sie beleidigt, nachdem der Aufzug den vierten Stock erreicht hatte und sie ausstieg. Der Mann sagte immer noch kein Wort, aber seine Wangenmuskeln zuckten unmerklich. Erst, als sich die Tür hinter ihr geschlossen hatte, machte er einen Schritt hinter ihr her und gab ein würgendes Geräusch von sich. Ingo drückte sich vor Grauen so fest gegen die Wand hinter sich, dass er das Gefühl hatte, seine Schulterblätter müssten Abdrücke in dem polierten Stahl hinterlassen.
Der Mann hatte versucht »Hilfe« zu sagen.

Im sechsten Stock angekommen, führte der Fremde Ingo zu einer Wohnungstür, auf der in schmalen Lettern »Alexander Krenn« stand. Leise schloss er auf und trat ein. Unbehaglich sah Ingo sich um. Es war deutlich, dass hier keine Frau wohnte. Alles war sehr funktional und schlicht und erinnerte fast schon an ein Büro.

Ohne auch nur das Licht anzumachen, ging der Mann in das große Arbeitszimmer und setzte sich an den Schreibtisch, der vor einer gewaltigen Fensterfront stand. Sein Rechner lief und auf dem Monitor war die Säulenhalle aus dem Spiel zu sehen.

»Ich habe den Jungen bei mir, Herr«, sagte er und Zhafir trat zwischen den Säulen hervor. »Was soll ich tun?«

»Er soll mit mir sprechen«, stieß Zhafir hastig hervor und schlug seine Kapuze zurück, als Ingo vor den Monitor trat. Ein Lächeln verzerrte sein faltiges Gesicht. »Ingo. Endlich sehen wir uns wieder.«

»Was wollen Sie von mir?«, fragte Ingo heiser.

»Du musst nur weiterspielen«, erklärte Zhafir und lachte leise. »Weißt du die nächste Formel noch?«

Einen Moment musste Ingo überlegen, doch dann nickte er. »Ja, ich erinnere mich«, sagte er langsam. »Aber vorher müssen Sie Nana gehen lassen.«

Zhafir schnippte mit dem Finger. »Schon geschehen. Du kannst sie anrufen, wenn du willst.«

»In Ordnung«, erwiderte Ingo misstrauisch. »Einen Moment.«

Damit wandte er sich an den bleichen Mann. »Haben Sie ein Telefon hier?«

»Ich zeige es dir«, war die knappe Antwort. Stumm führte der Mann ihn zu einer Telefonanlage im Nebenzimmer. Ingo nahm den Hörer ab und betrachtete staunend die Tastatur des Apparates. Als kein Freizeichen ertönte, drückte er versuchsweise eine Taste. Doch statt dcm Freizeichen spielte der Anrufbeantworter eine Nachricht ab.

»Wenn du dir nicht bald ein Handy zulegst, schenke ich dir eben eins, verstanden?«, tönte die fröhliche Stimme einer jungen Frau durch die dunkle Wohnung. »Grüß dich, mein Schatz. Du, die Karin hat mich vorhin angerufen und gefragt, ob wir am Sonntag zum Essen zu ihnen kommen wollen. Ich habe ihr gesagt, dass du gerade dicke drinsteckst, aber dass ich versuche dich zu überreden. Also ruf mich mal zurück, damit ich dich überreden kann, ja? Okay, bis dann – ich hab dich lieb. Tschü-üs!«

Das hektische Tuten danach löste Ingo aus seiner Erstarrung. Ihm standen die Haare zu Berge. Diese Frau wusste noch nicht einmal, dass sie einen Zombie liebte. Bebend wandte er sich zu dem Mann um. Der stand völlig steif da, starrte den Anrufbeantworter an und seine Lippen öffneten und schlossen sich, ohne dass er einen Ton von sich gab.

Schließlich riss sich Ingo von dem Anblick los und suchte noch einmal nach der richtigen Taste. Diesmal fand er sie und wählte Nanas Nummer. Das Herz klopfte ihm bis zum Hals, während er darauf wartete, dass jemand abhob. Nach einer halben Ewigkeit meldete sich eine wütende Männerstimme.

»Hallo, wer ist da?«

»Ich bin's, Ingo. Ich habe heute bei Ihnen übernachtet«, sagte er gehetzt. »Ich wollte nur fragen, ob es Nana gut geht. Ist sie wieder zu Hause?«

»Ja, wir sind wieder da«, grollte Nanas Vater. »Dich haben diese Polizisten doch auch mitgenommen, oder? Wo bist du denn?«

»Das dauert jetzt zu lange«, wehrte Ingo die Frage ab. »Kann ich mit Nana sprechen, bitte?«

»Die schläft schon, tut mir Leid. Und ich bin nur noch wach, weil ich gerade damit beschäftigt bin, sämtliche Anwälte der Stadt herauszusuchen. Wer auch immer für diesen Mist verantwortlich ist, ich werde ihn so fertig machen, dass er nicht mehr weiß, wo vorne und hinten ist. Ach so, ja – dich brauche ich natürlich als Zeugen, verstanden?«

»Gerne, jederzeit«, sagte Ingo und atmete erleichtert auf. »Ich melde mich dann bei Ihnen, okay?«
»Gut, in Ordnung. Dann gute Nacht.«

Zufrieden legte Ingo auf. Wenigstens seine größte Sorge war erst einmal beseitigt. Jetzt würde er sein Versprechen einlösen und mit diesem Zhafir spielen.
»Gut, dann wollen wir mal«, sagte er zu dem Mann, der immer noch stumm auf das Telefon starrte. Sein Gesicht war zu einer Grimasse des Schmerzes verzerrt. Als er sich nicht rührte, ging Ingo schließlich alleine ins Arbeitszimmer zu dem Rechner zurück.
»Bist du nun beruhigt?«, fragte Zhafir mit einem nachsichtigen Lächeln. »Hast du deine kleine Freundin erreicht?«
»Ja, ich habe mit ihrem Vater gesprochen«, bestätigte Ingo und setzte sich in den schweren Chefsessel am Schreibtisch.
»Dann wirst du jetzt dein Versprechen einlösen?«
Der lauernde Tonfall rief in Ingo den Wunsch hervor einfach aufzustehen und die Beine in die Hand zu nehmen. Stattdessen riss er sich zusammen. Wenn er die Sache jetzt nicht zu Ende brachte, würde Nana vielleicht schon bald wieder Ärger bekommen.
»Ich bin bereit«, flüsterte er und sagte langsam die zweite Formel auf, die Zhafir ihm verraten hatte. Ein stummer Schrei entfuhr ihm, während um ihn herum alles schwarz wurde. Er sauste ins Leere. Dann flammten Millionen von winzigen Lichtern vor seinen Augen auf, als er in das Universum jenseits des Bildschirms geschleudert wurde.

Benommen wälzte er sich über den eisigen Steinboden. Neben ihm stand eines der gewaltigen Feuerbecken, die die Säulenhalle in ihr flackerndes Licht tauchten. Er richtete sich langsam auf. Ihm war schwindelig. Er würgte. Dann sah er sich um.

»Willkommen in meinem Reich«, begrüßte Zhafir ihn und nahm Ingos Kopf zwischen seine Hände. Er hatte dürre, alte Arme, trotzdem konnte sich Ingo in seiner Benommenheit nicht aus dem Griff befreien. Sein Blickfeld wurde völlig von Zhafirs düster funkelnden Augen erfüllt. Plötzlich bemerkte er, wie ein fremdes Wesen sich in seinen Geist ergoss wie flüssiges Eis. Mit fahrigen Bewegungen versuchte er sich aufzurappeln, doch seine Arme und Beine gehorchten ihm nicht mehr.

In ohnmächtigem Entsetzen verfolgte Ingo, wie sein Bewusstsein in seinem Kopf immer weiter in den Hintergrund gedrängt wurde, während Zhafir die Kontrolle über seinen Körper an sich riss. Mit aller Kraft versuchte er sich dem alten Mann entgegenzustellen, doch er wurde unbarmherzig weiter zurückgedrängt. Nach wenigen Augenblicken war Ingo nur mehr ein winziger Teil in seinem eigenen Hinterkopf, der nun Zhafir gehörte. Zhafir hatte Ingos Körper in Besitz genommen. Die alte Hülle des Hexers zerfiel zu Staub und wurde davongeweht.

Mit einem genussvollen Seufzer streckte Zhafir sich und stand federnd auf. »Ein wunderbarer Leib ist das«, verriet er Ingo. »So jung und voller Kraft. Und deine Gabe ist fürwahr unglaublich. Du hättest einer der mächtigsten Magier deiner Epoche werden können – und das wirst du auch. Leider nur als Zuschauer.«

Warum töten Sie mich nicht?, fragte Ingo lautlos.

»Du sollst doch sehen, was ich aus deinem Leben mache, mein Sohn«, rief Zhafir und lachte dröhnend. Dann murmelte er feierlich ein paar Silben und ein gleißender Blitz verschlang sie, während die Säulenhalle sich in nichts auflöste.

Glücklich öffnete Zhafir die Augen. Er stand in dem Arbeitszimmer seines Mathrim. Ob er dem Mann gestatten würde zu sterben, wusste er noch nicht. Fürs Erste würde er ihn noch behalten, entschied er nach kurzem Nachdenken. Den Mann in seine Gewalt zu bringen hatte seine Kräfte fast völlig verzehrt, als er noch auf die künstliche Realität auf der anderen Seite des Bildschirms beschränkt gewesen war.

Nun allerdings hatte er es geschafft – er war wieder da, und zwar so mächtig, wie er es in seinem früheren Leben nie gewesen war. Sein Blick schweifte über die Dächer der hell erleuchteten Stadt, auf die er durch das Panoramafenster einen wunderbaren Blick hatte. Die Welt war wieder sein. Ein triumphierendes Lachen entfuhr ihm und er reckte die geballten Fäuste gen Himmel. Nun konnte ihn nichts mehr aufhalten!

In seinem Hinterkopf spürte er den Jungen vor Angst beben. Fast konnte er ihm Leid tun, aber er war selbst schuld. Wer bereit war sein Leben für ein kleines, sterbliches Mädchen zu geben, hatte es nicht besser verdient!

Zhafir war so berauscht von seinem neuen Leben, dass er nicht bemerkte, wie sein toter Sklave lautlos den Raum betrat.

»Du hast mich getötet«, flüsterte der Mathrim plötzlich hinter ihm. »Das wirst du mir büßen.«

Kalte Hände legten sich um Zhafirs Hals und drückten zu. Einen Augenblick lang versuchte Zhafir sich aus dem stählernen Griff zu befreien. Blitzartig wurde ihm klar, dass Mathrim sich irgendwie seiner Kontrolle entzogen hatte. Es war ein Fehler gewesen, den Mann in seine gewohnte Umgebung zurückzuführen. Das hatte Gefühle geweckt, die die Beherrschung dieses Sklaven unnötig komplizierten.

Doch dann besann er sich darauf, wie er sich gegen einen solchen Angriff zu wehren pflegte.

Obwohl er keine Luft mehr bekam, musste er lächeln, als er in Gedanken eine Formel aussprach, die den Zombie zu Staub verbrennen würde.

In seinem geistigen Gefängnis verfolgte Ingo das Geschehen mit unheimlicher Spannung. Ihm war klar, dass der tote Mann gerade versuchte ihn zu erwürgen. Aber das hatte für ihn keine Bedeutung mehr. Sein Körper gehörte nicht mehr ihm, sondern diesem mächtigen Hexer. Und während sich Zhafir darauf vorbereitete, seinen Sklaven zu vernichten, erkannte Ingo, dass dies vielleicht seine letzte Chance war sich zu retten.
Verzweifelt bäumte er sich gegen seinen Feind auf und versuchte ihn an seinem Zauber zu hindern.

Zhafir riss erstaunt die Augen auf, als der Junge ihm plötzlich einen gewaltigen geistigen Schlag versetzte. Das hätte nicht geschehen dürfen, der Junge sollte zu so etwas nicht mehr in der Lage sein! Angst keimte ihn ihm auf, während er versuchte Ingo in seinen Kerker zurückzudrängen und sich gleichzeitig gegen den Mathrim zu wehren. Seine Hände umklammerten die Unterarme des Toten und rissen mit aller Gewalt daran. Gemeinsam taumelten sie durch das Zimmer, doch die eisigen Hände um Zhafirs Hals drückten nur noch fester zu. Zhafir stolperte über einen Abfalleimer und riss den Mathrim mit sich um. Gemeinsam prallten sie gegen das Panoramafenster.

Ingo und Zhafir stießen gemeinsam einen stummen Schrei aus, als die Glasscheibe nachgab und sie in einem Splitterregen in die Nacht hinausstürzten.
Du hast verloren, alter Mann!, dachte Ingo in grimmiger Zufrie-

denheit und meinte fast, diese Empfindung auch im Gesicht von Mathrim erkennen zu können . . .

➪ **Du hast nun eines der möglichen Enden dieser Geschichte erreicht. Wenn du dir ein anderes suchen willst, lies weiter bei Teil 15 auf Seite 137.**

TEIL 9

Mit einem Ruck wandte sich Ingo vom Monitor ab. Das hier war ihm ein bisschen zu seltsam, um sich weiter damit zu beschäftigen. Entschlossen schaltete er den Rechner aus. Es knackte, doch das verdammte Ding lief einfach weiter. Ein paar Mal noch knipste er den Schalter an und aus, ohne dass etwas geschah.

»Ingo«, donnerte die Stimme aus den Boxen. »Hörst du mir auch zu? Was tust du da? Verschenke nicht deine Chance, dieses Spiel zu gewinnen!«

Der Ton war so gebieterisch, dass Ingo innehielt und wie hypnotisiert auf den Monitor starrte. Plötzlich war der Kerl mit seiner Robe zu sehen. Seine Augen funkelten unter der Kapuze hervor und schienen Ingo genau zu fixieren. Fast hätte sich Ingo wieder auf seinen Stuhl gesetzt, so sehr war er von diesen Augen gefangen. Erst im letzten Moment schaffte er es, sich wieder loszureißen.

»Hör auf, verflucht!«, keuchte er, zerrte den Rechner aus seiner Ecke neben dem Schreibtisch hervor und tastete nach den Kabeln an der Rückseite. »Lass mich in Ruhe!«

»Ingo, das wirst du nicht tun, wenn du schlau bist«, warnte der Kerl ihn. »Setz dich und hör mir zu!«

Ingos Finger schlossen sich um das Stromkabel und er zerrte mit aller Kraft daran. Der Stecker flog aus der Wand und der Monitor verdunkelte sich mit einem leisen Klicken. Schwer atmend saß Ingo vor dem Rechner und lauschte in der Finsternis dem Surren des Ventilators, wie es immer leiser wurde und schließlich ganz verstummte.

Mit was um alles in der Welt hatte er es hier zu tun? Dass hier ein Cracker am Werk war, konnte er sich einfach nicht vorstellen. In Ordnung, das mit dem Schalter war der Wackelkontakt gewesen. Schließlich konnte kein Cracker der Welt aus der Ferne einen Rechner anschalten! Und irgendwie hatte der virtuelle Fremde offensichtlich mitbekommen, was Ingo vorhatte! Zitterig rieb er sich das Gesicht und atmete tief durch. Was sollte er denn jetzt nur anstellen?

Nach einigen Minuten raffte er sich auf. Fürs Erste konnte er nichts tun, um dieses unheimliche Rätsel zu lösen. Selbst wenn dieser Mistkerl noch so geschickt war – solange der Rechner keinen Saft hatte, konnte er gar nichts mehr ausrichten. Nachdem er sich noch ein Glas Wasser geholt hatte, schlüpfte Ingo wieder ins Bett. Er würde morgen einfach mal mit Nana reden. Immerhin hatte sie ihm dieses Game gezeigt. Vielleicht hatte sie eine Ahnung, was da los war. Und alleine die Aussicht, sie aus einem vernünftigen Grund schon am nächsten Tag anrufen zu können, beruhigte Ingo so sehr, dass er überraschend schnell wieder einschlief.

Der Anruf war gar nicht nötig, wie sich am nächsten Tag herausstellte. Nachdem Ingo den Vormittag über zappelig und übermüdet in der Schule gesessen hatte, traf er Nana nach Schulschluss in der Aula. Sie hatte dunkle Ringe unter den Augen und sah völlig fertig aus.

»Na, wie bist du heute aus dem Bett gekommen?«, fragte sie grinsend und gähnte.

»Ging so«, sagte Ingo und sprach zögerlich weiter. »Ich muss dir dringend was erzählen. Gestern Abend ist mir wirklich 'ne komische Sache passiert.«

Nervös berichtete er von seinem nächtlichen Abenteuer. Mit gerunzelter Stirn hörte Nana sich das Ganze an und schüttelte dann den Kopf.

»Vergiss es«, kommentierte sie schließlich. »Das hast du geträumt. Technisch völlig unmöglich.«

»Verflucht, das ganze Game ist technisch unmöglich«, schnaubte Ingo. »Überlege doch mal! Hast du jemals irgendwo etwas gesehen, was auch nur annähernd so weit entwickelt ist? Herrgott, mit diesem Programm kannst du dich unterhalten! So etwas gibt es einfach noch nicht!«

»Zumindest noch nicht als Spiel«, gab Nana nachdenklich zu. »In Ordnung, ich habe 'ne Idee. Du kommst heute Abend noch mal zu mir und wir probieren es einfach zusammen aus, okay?«

»Ehrlich gesagt, ich würde das Ding nicht mehr freiwillig starten«, sagte Ingo unbehaglich.

Sie lachte. »Jetzt komm schon, es ist nur ein Spiel, also habe dich nicht so. Ich möchte wissen, was dahinter steckt, und anders können wir es einfach nicht herausfinden.«

»Wenn du meinst«, gab er nach und kratzte sich den Kopf. »Ich könnte auch jetzt gleich mitkommen.«

»Keine Chance«, wehrte sie ab und unterdrückte ein Gähnen. »Muss mich erst 'n bisschen hinhauen. Aber heute Abend, so gegen acht.«

»Einverstanden«, nickte Ingo. »Bis dann.«

Den Nachmittag verbrachte Ingo vor der Glotze. Stundenlang zappte er von einem Blödsinn zum nächsten, bis es endlich Zeit zum Gehen war. Während er durch den Schnee stapfte, brodelte eine seltsame Mischung aus Gefühlen in ihm. Einerseits freute er sich sehr darauf, Nana wieder zu sehen und sich mit ihr zu unterhalten. Andererseits hatte er jetzt schon Angst davor, was geschehen würde, wenn sie dieses unheimliche Spiel wieder starteten. Als er dann bei Nana an der Haustür klingelte, war seine Vorfreude auf Nana so groß, dass all seine Furcht eher in eine angenehme Spannung umschlug.

»Hi Ingo«, begrüßte Nana ihn gähnend, während er noch die letzten Stufen zu ihrer Wohnungstür hinaufstieg. Auf ihrem geröteten Gesicht waren noch die Falten des Kopfkissens zu erkennen. »Sorry, bin gerade erst aufgestanden.«
»Tut mir Leid, wenn ich dich geweckt habe«, entschuldigte er sich unsicher.
»Nein, ist okay«, versicherte sie und umarmte ihn. Von dem Wind draußen war Ingo immer noch ganz verfroren und er spürte ihren warmen Atem an seinem Hals.
»War ja so ausgemacht. Komm rein.«
Wenig später hielt Ingo eine Tasse Tee in der Hand und beobachtete mit einer Mischung aus Unbehagen und Spannung, wie Nanas Rechner hochfuhr. Er hatte ihr noch einmal haarklein erzählt, was am Vorabend geschehen war, und nun wollte sie es selber sehen. Irgendwie war er sich inzwischen sicher, dass überhaupt nichts Besonderes passieren würde. Wie nannte seine Mutter das? Vorführeffekt?
Dennoch wäre es ihm lieber gewesen, wenn sich nun herausstellte, dass er nur schlecht geträumt hatte – auch auf die Gefahr hin, dass Nana ihn dann für einen Trottel hielt.

Anfangs sah es ganz so aus, als sollte sich diese Hoffnung erfüllen. Das Spiel funktionierte völlig normal. Wieder standen sie in dieser verfluchten riesigen Säulenhalle und näherten sich dem Altar.

Wieder tauchte der Kerl auf und fragte, wer da sei. Nana sah Ingo fragend an und er schüttelte stumm den Kopf.
Sie beugte sich zum Mikro vor und grinste über Ingos beunruhigtes Gesicht. »Mein Name ist Nana«, sagte sie und unterdrückte ein Kichern. »Ich bin ganz alleine hier.«
Schon wollte Ingo etwas auf diese blöde Anspielung sagen, schluckte es aber dann doch runter. Auf keinen Fall sollte der Typ bemerken, dass er auch da war.
»Ich grüße dich, Nana«, flüsterte es aus den Lautsprechern und Ingo schüttelte den Kopf über sich selbst. Zum Teufel, er hatte Angst, dass ein Kerl aus einem Computerspiel ihn bemerkte!
»Willkommen in meinen Hallen. Du willst dich wieder einmal versuchen. Ich wünsche dir viel Glück. Hoffentlich hast du etwas gelernt«, fuhr der Kerl in der Robe mit genau denselben Worten und genau demselben Tonfall fort, wie am Abend zuvor schon.
Diese Wiederholung beruhigte Ingo ein wenig. Nana warf ihm einen fragenden Blick zu und er zuckte die Achseln. Das schmeckte bisher alles nach einem ganz normalen Spiel.
»Also gut, dann sehen wir mal weiter«, murmelte Nana und bewegte sich auf den Altar zu. Genau wie am Abend zuvor entrollten sich die Monster und kamen ihr entgegen. Doch wenige Meter vor ihr stoppten sie, als warteten sie auf etwas.
»Was ist denn jetzt los?«, fragte Nana überrascht. »Na gut, wie ihr wollt.« Sie nahm den Zettel mit dem Spruch in die Hand und las ihn laut und deutlich vor. Nichts geschah.
»Ich schaffe es einfach nicht!«, schnaubte sie frustriert, zerknüllte den Zettel in der Hand und sah Ingo fragend an. »Warum kann ich das nicht? Bei dir hat's doch auch geklappt.«
Noch bevor Ingo etwas dazu sagen konnte, schob sich ein Schatten über das Bild auf dem Monitor. Der Fremde schob seine Kapuze

nach hinten und starrte sie durchdringend an. »Vielleicht solltest du es mal deinen Freund Ingo versuchen lassen, Kleine«, schlug er vor und sein runzeliges Gesicht verzerrte sich zu einem bösen Lächeln, als er Ingo genau in die Augen sah. »Was meinst du, Ingo? Komm, lass uns spielen.«

Eine Sekunde lang hielten beide die Luft an. Dann stürzte Nana auf die Knie und zerrte den Stecker aus der Wand. Sofort wurde der Monitor dunkel. Langsam setzte sie sich wieder auf ihren Stuhl und betrachtete seltsam abwesend ihre zitternden Hände. »Du hattest Recht, wie's aussieht«, stellte sie fest und lachte nervös. »Okay, was ist hier los? Wer ist dieser Kerl?«

Hilflos erwiderte er ihren Blick. »Ich habe nicht die leiseste Ahnung. Aber ich muss es herausfinden, schätze ich.«

»Wie konnte er wissen, dass du bei mir bist? Verflucht, selbst wenn er dich an der Stimme erkennen könnte – du hast doch kein Wort gesagt! Woran hat er dich erkannt? Was hast du gemacht, dass er es so auf dich abgesehen hat?«

Ein unangenehmer Gedanke kam in Ingo auf. »Du hast es nie geschafft, nicht wahr?«, fragte er langsam. »Dieser Spruch. Bei dir hat er nie etwas bewirkt.«

»Habe ich doch gesagt, oder?«, schnaubte sie. »Worauf willst du hinaus?«

»Bei mir hat er fast sofort gewirkt«, erinnerte er sie und sah sich plötzlich selbst, wie er mit aller Kraft versucht hatte diese Monster zu besiegen. Mit aller Kraft, die er hatte . . .

»Das muss es sein«, flüsterte er entsetzt. »Oh Gott, ich muss den Professor erreichen!«

»Rede mit mir, verdammt!«, stieß Nana ungeduldig hervor. »Was meinst du?«

Einen Moment lang erstarrte Ingo. Offensichtlich war hier mehr im Spiel als nur ein raffiniertes Programm oder ein Cracker. Entweder musste er ihr jetzt gleich von seiner Gabe erzählen oder er hätte diese Sache alleine durchzustehen.
Die Entscheidung fiel eine halbe Sekunde später. »Glaubst du an Magie?«, fragte er. Bei seinem Gesichtsausdruck blieb ihr das Lachen im Halse stecken.

»Gibt es noch etwas anderes als dieses blöde Spiel, um mich zu überzeugen?«, fragte sie, als er eine ganze Weile später mit seiner Erzählung zu Ende war. »Ich meine, kannst du jetzt wenigstens eine Taube oder so aus dem Hut ziehen? Ich könnte dir einen von meinem Vater leihen.«
Er schluckte eine wütende Antwort herunter. Wie sollte sie ihm das auch glauben, ohne dass er es ihr irgendwie zeigte? Wortlos setzte er sich im Schneidersitz auf den Boden, formte mit den Händen den Lotus und schloss die Augen. Ohne es zu sehen, spürte er, wie zwischen seinen Handflächen der Funke aufglühte.
Durch den Schleier seiner Gedanken drang ihr schneller Atem, als er sich vom Boden löste und zu schweben begann, getragen von Kräften, die er selbst kaum begriff.

»In Ordnung, ich glaub's dir ja«, sagte sie schwach, als der Funke in seinen Händen verlosch und er fragend zu ihr aufblickte. »Und jetzt?«
»Ich muss unbedingt den Professor erreichen«, sagte er bestimmt. »Ohne ihn haben wir keine Chance hier durchzublicken. Aber ich habe ein verdammt schlechtes Gefühl bei dem Typ aus diesem Spiel. Der Mistkerl hat was vor und ich muss wissen, was das ist.«
»Hast du 'ne Telefonnummer?«, fragte sie. »Dein Professor ist doch verreist, oder?«

»Das wird anders gehen müssen«, erklärte er kopfschüttelnd. »Es gibt Methoden, wie Magier sich verständigen, ohne ein Telefon benutzen zu müssen.«
Sie schnitt eine gequälte Grimasse, als würde ihr das alles doch langsam ein bisschen zu viel. »Du meinst Telepathie?«
»So ähnlich«, nickte er und stand auf. »Aber dazu muss ich nach Hause, ins Labor. Ohne jede technische Hilfe schaffe ich es nicht.«
»Moment!«, rief sie und stand auch auf, wobei sie gebührenden Abstand von ihrem Rechner hielt. »Du willst nach Hause?«
»Habe ich doch gerade gesagt.«
»Ja, schon«, nickte sie und strich sich verlegen über die Haarstoppeln. »Jetzt pass mal auf: Ich habe einen Mordsschiss und will heute Nacht nicht allein sein. Meine Eltern sind da, okay, aber die haben gar keine Ahnung von der Sache. Unter anderem deswegen werden sie auch nicht erlauben, dass ich jetzt noch weggehe.«
Ingo ahnte schon, was jetzt kommen würde und musste sich zusammenreißen, um nicht mit offenem Mund dazustehen.
»Also wäre es das Schlaueste, wenn du bei mir pennst und wir uns morgen zusammen darum kümmern, okay?« Fast trotzig sah sie zu ihm hoch, knallrot im Gesicht.
Sprachlos starrte Ingo sie an. In seinem Kopf herrschte ein heilloses Durcheinander. Eigentlich musste er unbedingt versuchen den Professor zu erreichen. Andererseits, die Vorstellung bei Nana zu übernachten . . .

➪ **Hier musst du Ingo helfen. Wenn du der Meinung bist, dass er bei Nana bleiben sollte, lies weiter bei Teil 7 auf Seite 59.**

➪ **Wenn du denkst, dass er ihre Bitte lieber ausschlagen sollte, lies weiter bei Teil 6 auf Seite 49.**

TEIL 10

Als er nach dem Türgriff fasste, merkte Ingo, dass seine Hand trotz der Kälte schweißnass war. Wenn er jetzt aus dem Auto sprang, war das dann Feigheit oder Mut? Er hatte keine Ahnung und er konnte sich schon denken, was Nana von ihm halten würde, wenn sie bemerkte, dass er ohne sie abgehauen war. Aber er wusste auch, dass er diesen Gegner nicht ohne die Hilfe des Professors bezwingen konnte.

Der Wagen vor ihnen bremste scharf ab, als ein dick vermummter Jogger über die verschneite Straße rannte, und auch der BMW mit Ingo kam schlingernd zum Stehen. Noch während der Fahrer den Jogger leidenschaftlich verfluchte, zog Ingo an dem Türgriff. Nichts geschah, der Griff schnappte widerstandslos zurück und das Auto beschleunigte wieder.
Am liebsten hätte Ingo auch losgeflucht. Natürlich, dieser Wagen war zum Transport von Gefangenen gedacht! Kein Wunder, dass man die hintere Tür nicht einfach so öffnen konnte. Schon wollte er von seinem Plan ablassen, als der Fahrer ihn im Rückspiegel anstarrte.
»Was hast du mit den Handschellen gemacht?«, brüllte er und drehte sich um. Der Beifahrer schnellte ebenfalls herum und griff nach Ingo. Keiner der beiden sah noch auf die Straße und keiner von beiden bemerkte rechtzeitig, dass der Wagen auf der verschneiten Straße zu schlingern begann. Mit einem dumpfen Krachen bohrte er sich in einen parkenden Kleinwagen. Die Polizisten wurden gegen das Armaturenbrett geschleudert und schrien wütend

auf. Sie waren zum Glück nicht besonders schnell gewesen und keiner von beiden hatte sich verletzt.

»Du verdammter Mistkerl!«, knurrte der Beifahrer und versuchte seine durch den Unfall verformte Tür zu öffnen. »Ich lass mich doch nicht zum Narren halten!«

Ingo nahm die Chance wahr. Er musste hier raus! In Gedanken warf er sich mit aller Kraft gegen die Tür. Ohne dass er sie berührt hätte, gab das Blech ein ächzendes Geräusch von sich und die Scheibe wurde von einem Netz feiner Risse durchzogen.

Vorne hatte der Beifahrer gerade seine knarrende Tür aufgedrückt und sprang auf die Straße. Er griff nach der hinteren Tür, als Ingo erneut zuschlug. Der Riegel gab mit einem metallischen Klirren nach und die Tür schnellte mit solcher Wucht auf, dass sie den Polizisten wie eine Dampframme traf. Er wurde zu Boden geschleudert und blieb regungslos liegen.

Ingo sah entsetzt auf den ohnmächtigen Mann herab.

»Was hast du gemacht?«, brüllte der Fahrer vor ihm. Der Schrei löste Ingo aus seiner Starre. Wie ein Aal glitt er aus dem Auto, rannte über den Bürgersteig und verschwand zwischen den Bäumen in dem Park.

»Stehen bleiben oder ich schieße!«, tönte es hinter ihm her. Ohne darauf zu achten, hastete Ingo weiter. Er konnte sich nicht vorstellen, dass die Typen ihn in dem Schneesturm treffen würden. Trotzdem rannte er um sein Leben. Schon nach wenigen Metern zitterte er vor Kälte. Sein Kopf dröhnte und sein Nasenbluten war so stark geworden, dass sich über sein T-Shirt eine breite rote Spur zog, die sofort zu vereisen begann. Trotzdem hastete er verzweifelt vorwärts und versuchte möglichst viele Büsche und Hügel zwischen sich und die Polizisten zu bringen.

Sein Ausbruch schien die Männer völlig überrascht zu haben. Als er einige Minuten später am Ende einer großen Wiese hinter einem Busch stehen blieb und nach Verfolgern Ausschau hielt, konnte er niemanden entdecken. Erleichtert sah Ingo sich um und überlegte, wie er nun weitergehen sollte. Ihm war klar, dass er schnellstens ins Warme musste. Seine Füße waren völlig taub, in den Fingern spürte er nur noch brennende Kälte und er zitterte so heftig, dass er kaum noch richtig denken konnte.

Einen Moment lang spielte er mit dem Gedanken einfach wieder zu den Polizisten zurückzukehren, so erschöpft war er. Doch dann gab er sich einen Ruck und setzte sich schleppend wieder in Bewegung. Wie ein Betrunkener taumelte er durch das Schneetreiben und bei jedem schmerzhaften Schritt auf dem eisigen schneebedeckten Boden wurde ihm klarer, dass er zu erfrieren drohte. Er brauchte Hilfe und zwar schnell. Alleine würde er es nicht mehr nach Hause schaffen.

Als er kurze Zeit später vor sich das Licht einer Telefonzelle auftauchen sah, hätte er fast losgeheult vor Erleichterung. Die wenigen Meter wurden zu einem Gewaltmarsch, aber dann endlich stolperte er in den kleinen Glaskasten und schloss die Tür hinter sich. Mit aller Kraft zwang er seine tauben Finger den Hörer von der Gabel zu nehmen. Dann schlug er den Nothebel um, der ihn mit der Feuerwehr verband.

»Feuerwehrnotruf, wer spricht?«, fragte eine brummige Männerstimme.

»Sie müssen mir helfen«, flüsterte Ingo schluchzend. »Ich erfriere.«

»Wo sind Sie denn? Geben Sie bitte die Nummer Ihrer Telefonzelle durch«, wies der Mann ihn an. »Die kleine Plakette neben dem Apparat.«

»Ich bin im kleinen Stadtpark. Die Nummer ist drei-sieben-null-null-neun«, las Ingo mit schwacher Stimme ab. Im Hörer ertönte ein feines Rauschen und dann völlige Stille.
»Hallo?«, fragte Ingo panisch. »Sind Sie noch dran?« Tränen traten ihm in die Augen, als ihm nur das Pfeifen des Windes antwortete.
»Bitte sagen Sie doch was«, heulte er. »Sind Sie noch da?«
Bei der Antwort wurden seine Knie so schwach, dass er langsam an der Glaswand der Telefonzelle herunterrutschte und sich auf den eisigen Betonboden setzte.
»Natürlich bin ich da, Ingo«, hörte er sanft die Stimme des Mannes aus dem Spiel. »Ich bin immer da. Überall. Wie geht es dir?«
»Scheiße!«, schrie Ingo ihn an. »Ich erfriere! Wer bist du, du Mistkerl? Sag wenigstens, wie du heißt!«
»Ich heiße Zhafir, mein Junge«, stellte der Mann sich vor. »Warum willst du nicht mit mir spielen? Ich will dir doch nichts Böses tun.«
Bei dem Namen klingelte irgendeine Alarmglocke in Ingos Hinterkopf. Doch er kam nicht darauf, warum ihm der Name bekannt vorkam. Im Moment hatte er andere Sorgen.
»Warum haben Sie uns verhaften lassen?«, fragte er in ohnmächtiger Wut. »Was wollen Sie von mir? Und was haben Sie mit Nana vor?«
»Deine Freundin interessiert mich nicht«, sagte Zhafir mit leisem Lachen. »Sie habe ich nur mitgenommen, weil ich denke, dass du dich etwas hilfsbereiter zeigen wirst, wenn ihr Wohlergehen davon abhängt.«
»Verflucht, lassen Sie Nana in Ruhe!«, schrie Ingo verzweifelt. »Und jetzt sagen Sie endlich, was Sie von mir wollen, Sie Mistkerl!«
»Du brauchst dringend Hilfe, Ingo«, erklärte Zhafir besorgt, ohne auf die Frage einzugehen. »Es ist sehr kalt bei euch da draußen und du schwebst in Lebensgefahr. Ich habe jemanden geschickt, der

dich abholen wird. Warte einfach, wo du bist. Ich verspreche dir, dass dir nichts geschehen wird. Glaube mir, ich habe nicht das geringste Interesse daran, dass dir etwas zustößt.«

»Ist ja toll«, flüsterte Ingo und sah sich ängstlich um. In der Dunkelheit außerhalb der Zelle konnte er nur ein paar Meter weit sehen. »Was machen Sie mit Nana, wenn Sie mich haben?«

»Wie gesagt, deine Freundin ist mir egal«, wiederholte der Mann. »Sobald wir uns endlich treffen, werde ich sie gehen lassen. Den größten Gefallen tust du ihr, indem du einfach wartest.«

Ohne zu antworten, ließ Ingo den Hörer fallen, der daraufhin gegen die Wand knallte. Den Blick auf seine dunkelblauen Füße gerichtet, dachte Ingo nach. Was sollte er nur machen? Er hatte nicht das geringste Vertrauen in die Versprechen dieses Zhafir. Wahrscheinlich wäre es das Schlaueste, schnell abzuhauen und dann noch irgendwie den Professor zu Hilfe zu rufen. Aber andererseits war er am Erfrieren, und wenn er erst einmal in Nanas Nähe war, konnte er ihr vielleicht auch so helfen . . .

➪ **Hier musst du Ingos innere Stimme sein. Wenn du denkst, dass er davonrennen sollte, lies weiter bei Teil 15 auf Seite 137.**

➪ **Wenn du meinst, dass er erst einmal abwarten sollte, lies weiter bei Teil 8 auf Seite 67.**

TEIL 11

Okay«, rief Ingo gehetzt. »Sieh zu, dass du es herausfindest.« Er wandte sich Nana zu. »Wenn wir es jetzt nicht erfahren, haben wir gar keine Chance mehr diesen Mistkerl fertig zu machen«, erklärte er entschuldigend.

»Wie du meinst«, gab sie mit starrer Miene zurück. »Ich halte es für einen Fehler.«

»Komm schon, Nana«, mischte Angie sich in das Gespräch ein, ohne ihre Arbeit auch nur eine Sekunde zu unterbrechen. »Ich verspreche dir, dass du hier weg bist, bevor irgendjemand an die Tür klopft.«

»Du weißt nicht, was du da sagst«, orakelte Nana düster, setzte sich aber auf die Couch und trank in grimmigem Schweigen ihren Tee.

Die nächsten Minuten erschienen Ingo wie Stunden. Angies Finger flogen über die Tastatur und hier und da entfuhr ihr ein geknurrter Fluch, wenn die verschmorte Festplatte sich ihren Bemühungen zum Trotz hartnäckig weigerte ihre Geheimnisse preiszugeben.

»Ich hoffe nur, dass das bald klappt«, murmelte Ingo nach einiger Zeit.

»Jetzt beruhigt euch mal, alle beide«, erwiderte Angie. »Jemandem so einen Mist auf den Bildschirm zu zaubern, wie euer Freund vorhin, ist die eine Sache – herauszufinden, wo er wohnt, eine ganz andere. Das ist ungefähr so, als ob zwei Leute mit verbundenen Augen versuchen sich zu fangen. Du kannst dich unterhalten, du kannst versuchen den anderen anhand seiner Geräusche zu

finden – aber am Schluss gewinnt der, der bessere Ohren hat und schneller ist. Und im Moment glaube ich noch nicht, dass ich in beiden Kategorien der Schwächere bin.«
»Ich hoffe nur, du hast Recht, was deine Ohren angeht«, bemerkte Nana trocken hinter ihnen. »Ich für meinen Teil bilde mir ein, dass da draußen irgendwas vorgeht.«
Ingo fuhr hoch und lauschte in die Stille, die sofort eintrat, als sogar Angie zu tippen aufhörte. Nur das Surren des Rechners war noch zu hören. Und ein durchdringendes Brummen, das den Tee in ihren Tassen zittern ließ.
»Was ist das denn, verdammt?«, schnaubte Angie. »Ein Laster?«
»Nie im Leben«, flüsterte Ingo. »So was hab ich noch nie gehört.«
»Können wir dann?«, fragte Nana genervt und stand auf.
»Moment!«, rief Angie und wandte sich dem Monitor zu, auf dem plötzlich gewaltige Zahlenkolonnen herunterratterten. »Ich hab's!«
»Wo?« Ingo musste sich daran hindern, vor Anspannung zu schreien.
»In Unterwerden«, sagte Angie langsam und runzelte die Stirn. »Was ist denn bloß da draußen? Wartet mal – ach so, ja klar! Der Mistkerl könnte im Hoeffner-Institut hocken! Ja, da bin ich mir sogar ziemlich sicher.«
»Du weißt es nicht genau?«, fragte Ingo ungläubig.
»Der Typ braucht einen abartigen Rechner für sein Spiel, das ist klar«, erklärte Angie, schaltete den Rechner aus und schlüpfte in ein Paar abgewetzter Springerstiefel. »Auf 'nem normalen Desktop läuft so was nicht. Und dieses Institut ist in der Gegend die einzige Adresse, wo ihr eine vernünftige Mainframe findet. Ich garantiere euch, dass der Kerl da gerade am Schreibtisch sitzt und verzweifelt versucht mich zu finden.«
»Das glaube ich nicht«, widersprach Nana mit bebender Stimme.

Sie stand in der Türe und sah den Flur hinunter. »Der hat uns schon längst.«

Ein ohrenbetäubender Knall ertönte und eine weiße Wolke wallte zur Türe herein. Nana stand mitten darin und schlug sich hustend die Hände vor die Augen.
»Tränengas!«, keuchte Angie in plötzlicher Panik. »Verdammt, die spinnen doch!«
»Nana!«, brüllte Ingo und sprang auf die Türe zu. Er hatte sie noch nicht erreicht, als eine schwarze Gestalt mit Gesichtsmaske neben Nana auftauchte und sie zu Boden riss. In diesem Moment brannten bei Ingo die Sicherungen durch.
»Du Arsch!«, schrie er und schlug mit aller Kraft zu. Die geistige Druckwelle, die Ingo gegen den Mann richtete, riss eine Kluft in die Nebelschwaden zwischen ihnen. Der Mann wurde von Nana weggeschleudert und so hart gegen die Wand geworfen, dass er regungslos liegen blieb.
»Waffe!«, brüllten dumpfe Männerstimmen auf dem Flur. »Er hat eine Waffe!«
Blind vor Tränen und von Hustenkrämpfen geschüttelt, taumelte Ingo durch die Tür. Er musste Nana irgendwie retten, er musste sie hier herausbringen . . .
Verzweifelt starrte er den Flur hinunter und wurde plötzlich von roten Lichtern geblendet, die sich wie Nadeln in seine schmerzenden Augen brannten. Mit einem Gedankenblitz ließ er die Lichter zerspringen und wieder schrien die Männer erschrocken auf. Ein einzelner Schuss löste sich. Die Kugel fauchte an Ingos Kopf vorbei und bohrte sich mit einem harten Klatschen in die Betonwand des Ganges.
Es war mehr ein Reflex als Absicht, dass Ingo den Polizisten eine

weitere Druckwelle entgegenschleuderte. Das weiße Tränengas wurde wie von einem gewaltigen Luftstoß zurückgedrängt. Die Männer in den schwarzen Kampfanzügen flogen meterweit nach hinten und landeten am Ende des Flurs in einem wirren Haufen.

In Ingo wallte düstere Freude auf, als er die Schmerzensschreie der Männer hörte. Einen Herzschlag später fiel er selbst auf die Knie, als sich der altbekannte Kopfschmerz wie ein glühendes Messer in sein Hirn bohrte. Fahrig tastete er nach Nana, die sich stöhnend am Boden wälzte.

»Nana, bist du okay?«, brachte er hervor. »Verdammt, sag doch was!«

Er erhielt nur ein krampfhaftes Husten zur Anwort. Hastig versuchte er sich aufzurichten, doch seine Beine waren völlig kraftlos und er knickte sofort wieder ein.

»Das gibt's doch nicht!«, keuchte Angie, die sich auf einmal über sie beugte. »Nana, was ist los?«

»Bring sie hier weg!«, rief Ingo verzweifelt und versuchte sie durch den Schleier vor seinen Augen anzusehen. »Schnell, mach schon! Ich komme klar!«

»Hier geht's nirgends raus!«, antwortete Angie würgend. Das Tränengas, das Ingo mit der Druckwelle ans andere Ende des Flurs verdrängt hatte, breitete sich schon wieder in ihre Richtung aus.

Kurz durchzuckte Ingo der Gedanke aufzugeben. Der Schmerz in seinem Kopf war so gewaltig, dass er die ganze Zeit über gegen eine Ohnmacht ankämpfen musste. Er konnte nicht mehr. Am liebsten hätte er einfach die Augen geschlossen und sich seinem Schicksal ergeben. Doch dann wimmerte Nana auf wie ein kleines Kind und dieser Laut riss Ingo so plötzlich aus seinem betäubenden Selbstmitleid, dass sein Geist innerhalb eines Sekundenbruchteils so klar wurde wie ein Diamant.

Sofort erkannte er, was zu tun war. Sein inneres Auge zeigte ihm die Polizisten, die am oberen Ende der Treppe warteten. Nana und Angie konnten dort nicht hinaus und einen anderen Ausgang gab es nicht – noch nicht.

»Dort lang!«, wisperte er und deutete in das Arbeitszimmer. Angies Blick folgte seinem Zeigefinger. Ihre Augen weiteten sich entsetzt, als die nackte Betonwand von Rissen durchzogen wurde und dann nach außen explodierte. Eine grobe Öffnung klaffte plötzlich in dem Beton, als würde sich ein unsichtbarer Bulldozer dort seinen Weg bahnen.

Mit geschlossenen Augen drückte Ingo immer weiter, lenkte seine Kräfte in einem sanften Winkel nach oben, bis der Gang mitten auf der Straße den Teer durchbrach und kühle Nachtluft ins Zimmer wallte.

»Was ist das?«, flüsterte Angie. »Ingo, was hast du gemacht?«

»Nimm Nana und lauf!«, befahl Ingo ihr, ohne dass Worte gesprochen wurden. Sie wankte unter der Wucht dieses unausgesprochenen Befehls, der wie ein Donnerschlag in ihrem Kopf hallte. Dann hob sie Nana keuchend hoch. Ihre Verwirrung war zu groß, als dass sie sich noch darüber gewundert hätte, wie leicht ihre junge Freundin war. Auf die Idee, dass Ingo ihr den größten Teil der Arbeit abnahm, konnte sie in diesem Moment nicht kommen. Schritt für Schritt ging Angie durch ihr Arbeitszimmer und duckte sich in den düsteren Tunnel, den Ingo für sie gebahnt hatte.

Erst als die beiden Mädchen verschwunden waren, erinnerte sich Ingo an sich selbst. An seinem Kinn fühlte er warme Flüssigkeit, und als er sich über den Mund wischte, war sein Handrücken voller Blut. Irgendwann musste er einmal den Professor fragen, was man

gegen dieses Nasenbluten machen konnte, kam es ihm in den Sinn. In diesem Augenblick beugte sich ein Schatten über Ingo und er sah langsam hoch.
Der Polizist war noch sehr jung, vielleicht zweiundzwanzig oder so. Seine schwarze Maske hatte er auf die Stirn hochgeschoben. Der Lauf seiner Waffe zielte auf Ingos Kopf, doch zitterte er so sehr, dass er vermutlich selbst auf die kurze Entfernung kaum treffen würde. Einen Augenblick lang begegneten sich ihre Blicke. Im Gesicht des Mannes mischten sich verschiedene Gefühle und plötzlich erkannte Ingo, dass hinter einer dünnen Schicht Entschlossenheit die nackte Angst lauerte.
»Du bist ein Kind!«, platzte der Mann heraus. Seine Lippen bebten. »Wie alt bist du?«
Ingo brachte kein Wort hervor. Der Schmerz in seinem Kopf legte sich wie ein schwarzes Tuch über ihn.
»Sie haben gesagt, ihr wärt . . .«, flüsterte der Mann. »Oh Gott, was ist hier los?« Damit ließ er die Waffe sinken und wandte sich von Ingo ab. Schwankend ging er den Flur zurück, auf seine Kameraden zu, die sich gerade wieder aufrappelten. »Das ist ein Kind!«, rief er mit gebrochener Stimme. »Wir haben beinahe ein Kind abgeknallt!«
Die anderen Männer zogen sich nun auch ihre Masken vom Gesicht und kamen langsam auf Ingo zu. Wortlos umringten sie ihn und starrten auf ihn herab.
»Was machst du hier?«, stieß einer von ihnen hervor.
Ingo erwiderte schwach seinen Blick. »Zaubern«, flüsterte er lächelnd und zwang sich zu einer letzten Anstrengung. Die Männer fuhren zusammen, als der Tunnel in Angies Arbeitszimmer mit einem dumpfen Grollen einstürzte. Dann senkte sich warme Dunkelheit über Ingo und er wusste, dass seine Flucht zu Ende war . . .

⇨ Du hast nun eines der möglichen Enden dieser Geschichte erreicht. Wenn du dir ein anderes suchen willst, lies weiter bei Teil 13 auf Seite 113.

TEIL 12

»Gut«, sagte Ingo nach kurzem Nachdenken. »Dann fahr du mal zu deiner Freundin, das dürfte das Beste sein.«
»Und was hast du vor, wenn man fragen darf?«, erkundigte sich Nana misstrauisch.
»Ich muss nach Hause«, sagte Ingo, ohne sie anzusehen. »Diese ganze Sache ist mir zu groß. Ich muss den Professor erreichen und das schaffe ich nur mit dem Zeug aus seinem Labor.«
»In Ordnung«, sagte Nana schließlich nachdenklich. »Ist vielleicht besser, wenn wir niemanden sonst in diese Sache mit reinziehen, der davon nichts versteht.«
»Moment mal«, rief Ingo überrascht. »Was meinst du damit?«
»Ganz einfach, ich komme mit zu dir«, erklärte sie und lachte gezwungen. »Wollte mir sowieso mal deine Villa anschauen.«
»Es ist verflucht weit bis zu mir«, protestierte Ingo. »Das ist zu gefährlich. Du gehst jetzt bitte zu deiner Freundin und tauchst dort unter, bis ich den Professor erreicht habe.«
»Keine Chance«, sagte Nana spröde. »Ich werde dich keine Sekunde mehr aus den Augen lassen. Erstens, weil du auch kein Supermann bist, zweitens, weil ich alleine mit diesen blöden Bullen so viel Schiss hatte, dass ich mir fast ins Hemd gemacht hätte, und drittens, weil – weil halt. Alles klar?«
Mit Mühe unterdrückte Ingo ein Stöhnen. Ihm wäre es ganz recht gewesen, wenn er Nana in Sicherheit gewusst hätte. Andererseits gab es keine Garantie, dass sie bei ihrer Freundin wirklich sicher war. Und vor allem hatte er eigentlich nichts dagegen, sie bei sich

zu haben. Irgendwie flößte sie ihm Mut ein und sei es nur, weil er vor ihr nicht feige aussehen wollte.

»Okay«, gab er nach. »Dann müssen wir zusehen, dass wir 'ne U-Bahn finden. Wenn mich nicht alles täuscht, sollte an der Kreuzung dahinten eine sein.«

In der Schlafkabine des Truckers fanden sie Klamotten, die ihnen zwar viel zu groß waren und nach Schweiß und Zigaretten stanken, aber dafür wärmten sie gut. Sogar zwei abgewetzte Paar Schuhe hatte der Mann in seinem Wagen aufbewahrt, in denen sie allerdings beide wie Clowns aussahen.

»Sollten wir uns eigentlich nicht um den armen Kerl kümmern?«, überlegte Ingo laut, als sie sich durch den Schnee zu der U-Bahn kämpften. »Ich meine, er wollte uns helfen, und jetzt liegt er verletzt auf der Straße, während wir seine Sachen klauen.«

»Hundert Meter weiter hat es vor ein paar Minuten den Dritten Weltkrieg gegeben«, sagte Nana. »Du glaubst doch nicht, dass das noch keiner bemerkt hätte. Ich wette, der Kerl liegt jetzt schon in einem warmen Krankenwagen. Und außerdem können wir wohl kaum etwas unternehmen, ohne selber in Schwierigkeiten zu kommen.«

»Gefällt mir trotzdem nicht«, murmelte Ingo, doch insgeheim musste er Nana Recht geben. Sie konnten im Moment nichts für den Mann tun.

Nach kurzer Zeit fuhren sie endlich die Rolltreppe der U-Bahn-Station hinunter. Warme Luft schwallte ihnen entgegen und sie streiften erleichtert ihre Kapuzen zurück. »Du musst mir noch erzählen, was dir eigentlich passiert ist«, erinnerte Nana Ingo, als sie sich auf eine Bank setzten. »Bis jetzt weiß ich nur, dass du erst

abgehauen bist und mich dann doch noch geholt hast – netter Zug übrigens.«
Mit Mühe verkniff Ingo sich ein stolzes Grinsen, als ihm klar wurde, dass sie sich gerade auf ihre Art bedankt hatte.
»Das war im Grunde nichts Besonderes«, log er und wandte sich von ihr ab, da er spürte, wie er rot wurde. Sein Blick fiel auf die Überwachungskamera neben dem Aufgang zur Straße. Irgendetwas in seinem Hinterkopf machte Klick beim Anblick des toten Auges, das den verlassenen Bahnsteig beobachtete. Aber in seiner Müdigkeit dachte er nicht weiter darüber nach, sondern erzählte Nana einfach die Geschichte seiner Flucht.

»Nicht schlecht«, kommentierte sie seine Heldentaten, als er geendet hatte. »Na ja, ich konnte nicht so besonders viel machen. Im Gegensatz zu dir kriege ich meine Handschellen nicht einfach so auf. Na endlich!« Letzteres galt der U-Bahn, die gerade einfuhr. »Ich hoffe nur, dass dieser Mistkerl meine Eltern in Ruhe lässt.«
»Wahrscheinlich schon«, vermutete Ingo, als sie in den völlig leeren Waggon stiegen. »Denn eigentlich will er mich. Ich wäre mir an seiner Stelle nicht so sicher, ob man mich mit deinen Eltern erpressen kann.«
»Das heißt, dass dir meine Eltern egal sind?«, fuhr ihn Nana wütend an. »Ist schon gut, ich weiß ja, wie du es meinst«, entschuldigte sie sich schnell, als sie Ingos entsetztes Gesicht sah.
»Mach mir nur Angst«, brummte Ingo, lehnte seinen Kopf gegen das Fenster und beobachtete die dunkle Tunnelwand, die draußen vorbeirauschte. »Verdammt, ich habe einfach keine Ahnung, was ich gegen diesen Zhafir machen soll«, sagte er müde. »Wenn ich den Professor nicht erreiche, bin ich echt am Ende meiner Weisheit.«

»Dann fällt uns schon was anderes ein«, erklärte Nana schulterzuckend. »Wenn wir erst mal bei dir sind, können wir immerhin . . .«
Sie beendete ihren Satz nicht, weil in diesem Moment das Licht ausging. Einen Augenblick später kreischten die Bremsen und der Zug blieb ruckend stehen. Einige Sekunden lang fiel noch das Licht der Neonröhren im Tunnel durch die Fenster. Dann erloschen auch diese.

»Was ist das jetzt für ein Mist?«, flüsterte Nana und tastete in der Dunkelheit nach Ingos Hand.
»Er hat uns gefunden«, stellte Ingo leise fest und drückte ihre kalten Finger. »Ich bin ein Volltrottel. Er hat die Kameras am Bahnsteig angezapft. Und wir waren ja leicht zu finden, um die Uhrzeit ist sonst kaum jemand unterwegs.« Dass ihm die Kamera in der Station sogar aufgefallen war, verschwieg er lieber.
»Okay, dann sollten wir schauen, dass wir schnell hier wegkommen«, sagte Nana und stand auf. »Bitte lass mich jetzt bloß nicht los, ja? Ich habe gerade ein ganz klein bisschen Angst.«
»Warte mal einen Augenblick«, bat Ingo und dachte einen Moment nach. Der Professor hatte ihm vor einiger Zeit eine Lektion darin gegeben, sich mit verbundenen Augen zurechtzufinden. Es war ihm damals gar nicht besonders schwer gefallen. Sobald das Gehirn einmal akzeptiert hatte, dass es von den Augen keine Informationen mehr bekam, sondern seine Bilder stattdessen mithilfe der Gabe formen musste, ging es einigermaßen.
Natürlich war er damals ausgeruht und entspannt gewesen – also das genaue Gegenteil von seiner jetzigen Verfassung. Dennoch wagte er einen Versuch. Er schloss die Augen und konzentrierte sich.

Langsam formte sich in seinem Geist das verschwommene Bild seiner Umgebung. Es war ein wenig, wie durch eine Infrarotkamera zu sehen. Neben ihm glühte Nanas Aura rot vor dem finsteren Hintergrund des Waggons.
»In Ordnung«, sagte Ingo leise. In seinem Kopf machte sich rasch wieder das bohrende Kopfweh breit, das ihm zeigte, dass er sich in der letzten Zeit zu viel zugemutet hatte. »Ich kann jetzt ein bisschen was erkennen. Halte meine Hand fest, dann führe ich dich.«

Vorsichtig ging er zu der Tür und suchte nach dem Hebel, mit dem man sie im Notfall öffnen konnte. Kurz darauf zischte Druckluft und kühle Luft wehte ihnen ins Gesicht, als sich die Türen einen Spalt weit öffneten. Langsam schob Ingo die Türen so weit auseinander, bis sie aussteigen konnten.
»Ich muss dich jetzt mal kurz loslassen«, warnte er Nana und ließ sich vorsichtig aus dem Waggon gleiten. Dann half er ihr herunter.
»Das ist ziemlich nervig«, sagte Nana mit bebender Stimme, als sie neben Ingo stand. »Ich sehe tatsächlich die Hand vor Augen nicht.«
»Wir gehen jetzt vor bis zur nächsten Station und dort ist es wieder hell«, versuchte Ingo sie zu beruhigen. Insgeheim bewunderte er sie für ihre Ruhe. Es kam so gut wie nie vor, dass man wirklich in völliger Dunkelheit stand. Die meisten Menschen bekamen deshalb schon in ihrem Keller Angst, wenn das Licht ausging – obwohl sie sicher sein konnten, dass sie nicht in Gefahr waren. Ingo und Nana konnten sich stattdessen sicher sein, dass in dieser Finsternis tatsächlich eine Bedrohung lauerte.
Wenn man das bedachte, war Nana ungefähr so cool wie ein Eisberg.

»Bitte sieh zu, dass du genau hinter mir bleibst«, sagte Ingo, als sie

sich auf den Weg machten. »Wenn mich nicht alles täuscht, verläuft hier irgendwo die Stromleitung.«
»Solange die U-Bahn keinen Saft hat, ist das sicher kein Problem«, erinnerte ihn Nana. »Und keine Angst, ich renne schon nicht weg.«
Vorsichtig arbeiteten sie sich an dem Zug entlang. Über ihnen riefen einzelne Fahrgäste durch die Fenster um Hilfe oder schimpften lauthals über diese Panne.
»Unser Freund Zhafir macht sich beim Durchschnittsbürger nicht gerade beliebt«, sagte Nana und lachte gezwungen. »Bei mir auch nicht, wenn ich's mir recht überlege.«
»Immer mit der Ruhe!«, dröhnte ihnen eine Männerstimme entgegen und der Strahl einer Taschenlampe blendete sie. »Bitte bleiben Sie stehen! Gehen Sie bloß nicht weiter!«
Es dauerte einen Moment, bis Ingo sich wieder daran gewöhnt hatte, mit seinen Augen zu sehen. Dann leuchtete der Mann mit der Lampe an die Decke und sie sahen, dass es der Zugführer war.
»Warum sind Sie denn bloß ausgestiegen?«, schimpfte er. »Haben Sie nicht die Warntafeln neben den Türen gesehen?«
»Nein«, gab Nana sauer zurück. »Die Tafeln nicht, die Türen nicht – und von Ihnen auch ziemlich lange nichts.«
Der Mann fluchte leise und leuchtete Nana direkt ins Gesicht, sodass sie die Arme hochriss, um ihre Augen zu schützen.
»Jetzt bleiben Sie gefälligst hier, während ich die anderen Fahrgäste beruhige.«
»In Ordnung«, sagte Ingo schnell. Er hatte keine Lust sich mit dem Kerl herumzustreiten. »Wir warten.«

Sobald der Fahrer sich entfernt hatte, marschierten sie eilig weiter. Immer wieder stolperten sie über Kabel oder Schwellen und mussten sich gegenseitig festhalten. Wenigstens gab selbst der weit entfernte Schein der Taschenlampe ihnen so viel Licht, dass sie ungefähre Umrisse erkennen konnten. Ingo wollte so lange wie möglich vermeiden sich wieder mithilfe der Gabe zu orientieren, da seine Kopfschmerzen bereits höllische Ausmaße angenommen hatten.

»Wo sind wir eigentlich?«, fragte Nana leise. »Ich habe nicht auf die Stationen geachtet.«

»Vor uns muss der Hauptbahnhof sein«, erwiderte Ingo. »Die letzte war die Karlsstraße.«

»Wenn der Kerl den gesamten Hauptbahnhof ausgeknipst hat, wird das ein schönes Chaos sein«, stellte sie beeindruckt fest. »Das könnte uns aber noch weiterhelfen. Ich meine, immerhin ist dann . . .«

»Bleiben Sie stehen, verdammt!«, brüllte hinter ihnen der Zugführer los. »Ich werde Ihnen jetzt . . . nein!« Seine Worte endeten in einem schrillen Schrei, der Ingo das Blut in den Adern gefrieren ließ. Sie fuhren herum und sahen gerade noch, wie die Taschenlampe zu Boden fiel und erlosch. Sofort war es im ganzen Tunnel stockfinster.

»Da ist er«, flüsterte Nana. »Oh verdammt, er hat uns eingeholt!«

»Schnell!«, drängte Ingo und ging weiter, während er krampfhaft versuchte sich wieder mithilfe seiner magischen Sinne zurechtzufinden. Doch seine Kopfschmerzen behinderten ihn dermaßen, dass er kaum wusste, was Einbildung und was Wirklichkeit war.

»Ingo!«, dröhnte die kalte Stimme des bleichen Mannes durch den Tunnel. »Bleib stehen! Es hat keinen Sinn davonzulaufen.«

»Das wollen wir doch mal sehen«, knurrte Ingo, um Nana – und sich selbst – Mut zu machen, und lief weiter.

»Der Mistkerl kommt immer näher«, erinnerte Nana ihn eine Minute später mit erzwungener Ruhe, während Ingo verzweifelt nach einem Ausweg suchte.

»Ich weiß«, gab er gehetzt zurück. »Komm weiter, wir haben's gleich geschafft. Ich denke, ich sehe da vorne eine Tür.« Tatsächlich hatte er keine Ahnung, was die Vertiefung in der Tunnelwand vor ihnen sein mochte, aber er musste irgendetwas Aufmunterndes sagen. Auch er hörte jetzt die schnellen Schritte ihres Verfolgers in der Dunkelheit dicht hinter ihnen.

Die kleine Einbuchtung führte wirklich zu einer stählernen Tür. Mit einem stummen Gebet zerrte Ingo an dem Knauf, doch es half nichts. Sie war verschlossen.

»Verflucht, Ingo, der Typ ist gleich hier!«, drängte Nana. »Bitte tu irgendwas!«

»Bin dabei«, murmelte Ingo und tastete das Schloss mit unsichtbaren Fingern ab. Einmal noch, einmal noch musste er es schaffen! Wenn diese Tür hinter ihnen zugeschlagen war, hatte der bleiche Mann erst einmal ordentlich zu tun, um sie zu erreichen.

Im Hinterkopf fühlte er ihn immer näher kommen, während er schweigend mit dem Riegel in der Tür kämpfte. Millimeter für Millimeter schob er ihn in das Schloss zurück und dann endlich konnte er die Tür aufziehen.

»Los, mach schon!«, rief er und schob Nana durch den Türrahmen.

»Moment mal!«, schrie sie und wehrte sich gegen seinen Griff. »Da geht's nach unten, verdammt! Warte mal!«

»Beeil dich!«, zischte Ingo. Die Schritte des Mannes waren so nahe, dass er sie jeden Augenblick erreichen musste.

»Okay, da ist 'ne Leiter«, rief Nana. »Ich klettere jetzt runter – schnell, du kannst nachkommen.«

Das ließ sich Ingo nicht zweimal sagen. Hastig tastete er nach den Sprossen. Sobald er sie gefunden hatte, versuchte er die Tür zuzuziehen. Doch schon wurde sie ihm aus der Hand gerissen und ein fauliger Hauch schlug ihm ins Gesicht.

»Bleib stehen!«, befahl der Mann tonlos.
»Nein!«, schrie Ingo und sprang.
Es war vergeblich. Trotz der Dunkelheit schaffte es der Kerl irgendwie, noch seine Hand zu erwischen und ihn festzuhalten. Ingo schrie auf vor Schmerzen, als ein furchtbarer Ruck seine Schulter krachen ließ und er mit der Brust gegen den Rand des Schachtes knallte.
»Lass mich los, verdammt!«, brüllte er und schlug trotz seiner Kopfschmerzen mit aller Gewalt zu. Ein Blitz flammte auf und ließ Sterne vor seinen Augen tanzen. Dennoch sah er genau, wie sein Verfolger mit erstarrtem Gesicht auf ihn zustürzte und ihm kopfüber den Schacht hinunterfolgte.

Schon im nächsten Augenblick schlugen sie schwer auf dem Betonboden am Ende des Schachtes auf. Der Mann landete mit seinem ganzen Gewicht auf Ingo und zerquetschte ihn fast. Eine halbe Sekunde lang lag er benommen da, wurde aber sofort wieder wach, als der Kerl seinen Griff festigte.
»Lass mich in Ruhe!«, presste er hervor und mobilisierte noch einmal alle seine Kräfte. Ineinander verschlungen rollten sie über den Boden, der statt aus Beton plötzlich aus grobem Schotter bestand. Durch Ingos Hinterkopf zuckte der Gedanke, dass der Schacht sie in einen anderen Tunnel geführt hatte und sie vermutlich mitten auf den Gleisen lagen. Er musste zusehen, dass er so schnell wie möglich hier verschwand.
Und er betete, dass Nana sich in Sicherheit gebracht hatte. »Hau ab«, schrie er in Richtung Schacht. Er wusste, jetzt konnte ihm auch Nana nicht mehr helfen.
»Du musst mit mir kommen«, sagte der Kerl in so ruhigem Ton, als säßen sie sich gerade bei einem Kaffee gegenüber. »Mein Herr muss mit dir sprechen.«

In diesem Moment schaffte es Ingo irgendwie, seinen rechten Arm loszureißen. Verzweifelt tastete er nach irgendeinem Gegenstand, dem er seinem Gegner über den Schädel ziehen konnte. Da drang ein unheimliches Surren durch die Dunkelheit, das in Ingos Hinterkopf einen Warnschrei auslöste.

Doch es war zu spät. Seine Hand hatte die Kupferschiene neben den Gleisen bereits erreicht, als ihm klar wurde, dass es mehrere tausend Volt waren, die das Metall zum Surren brachten . . .

➪ **Du hast nun eines der möglichen Enden dieser Geschichte erreicht. Wenn du dir ein anderes suchen willst, lies weiter bei Teil 17 auf Seite 159.**

TEIL 13

In Ordnung«, sagte Ingo nach kurzem Zögern und nickte dabei. »Wir verschwinden. Angie, noch einmal: Glaube mir bitte, dass dieser Mistkerl gefährlich ist – gefährlicher als alles, was du dir vorstellen kannst. Bitte hau auch ab.«

»Vergiss es, Kleiner«, gab sie amüsiert über die Schulter zurück.

»Bitte«, wiederholte Ingo gepresst. Sie wandte sich langsam um und sah ihn erstaunt an. Ihre Augen wurden trübe, als Ingo versuchte sie mithilfe seiner Gabe zu beeinflussen. Es war das erste Mal, dass er dies ausprobierte. Der Professor hatte ihm mehrfach erklärt, dass diese Technik gefährlich für den anderen wäre. Der Beeinflusste konnte einen Schock davontragen, wenn der Magier etwas falsch machte. Deshalb wandte Ingo so wenig geistigen Druck an wie möglich.

»Du meinst das ernst, oder?«, fragte Angie tonlos und Ingo nickte.

»Okay«, gab sie langsam nach. »Sobald ich ihn lokalisiert habe, verschwinde ich.«

Das musste reichen, beschloss Ingo. Wenn er noch mehr Kraft anwandte, konnte das vermutlich Schaden bei Angie anrichten.

»Wie du meinst«, sagte er. »Warte, ich schreibe dir schnell meine Nummer auf. Wenn du den Mistkerl findest, kannst du mich anrufen. Okay, Nana, wir gehen.«

»Freut mich zu hören«, nickte sie. »Angie, danke für alles. Und mach bitte schnell.«

»Geht klar«, murmelte ihre Freundin, steckte Ingos Nummer ein und wandte sich blinzelnd wieder ihrem Rechner zu.

»Wohin wollen wir eigentlich?«, fragte Nana, während sie die Kellertreppe wieder hinaufhasteten. »Mir gehen langsam die Ideen aus.«
»Es hilft alles nichts«, stellte Ingo fest und spähte in die düstere Hofeinfahrt, von der man in den Keller gelangte. »Wir brauchen Hilfe und dazu muss ich nach Hause. Von dort aus kann ich meinen Meister erreichen, denke ich. Wenn es jemanden gibt, der mit diesem Zhafir fertig wird, dann er oder Murad.«
»Wer ist Murad? Auch ein Magier?«
»Genau. Ein alter Freund meines Meisters«, nickte Ingo und zog seine Kapuze hoch, als sie in das Schneegestöber hinaustraten.
»Da bin ich ja mal gespannt, was uns bei dir zu Hause erwartet«, brummte Nana. »Wahrscheinlich hat dieser Mistkerl Zhafir dein Haus längst einäschern lassen.«
»Das würde mich wundern«, erwiderte Ingo abwesend und sah sich nervös nach Verfolgern um. Als er niemanden entdeckte, grinste er Nana an. »Mein Meister hat in letzter Zeit gewisse Vorsichtsmaßnahmen getroffen. Er hat das Haus mehrfach gesichert, soweit ich weiß. Aber du hast Recht, ich denke auch, dass Zhafir eine Überraschung für uns vorbereitet hat.«

Sie waren noch keine zwei Häuserblocks von Angies Wohnung entfernt, als plötzlich über ihnen das Knattern eines Hubschraubers ertönte. Gleißend helle Scheinwerfer tasteten wie die Fühler eines fremdartigen Insekts die Straße ab.
»Das ist doch ein bisschen übertrieben, oder?«, keuchte Nana durch den Sturm, den die Rotorblätter entfachten.
»Allerdings«, stimmte Ingo ihr atemlos zu und versuchte sie beiseite zu zerren, als ein Scheinwerferstrahl auf sie zuglitt. Doch schon hatte das Licht sie festgenagelt. Beide rissen die Hände vor das Gesicht und stolperten geblendet gegeneinander.

»Stehen bleiben!«, dröhnte eine Stimme aus einem Lautsprecher des Helikopters. »Legen Sie sich auf den Boden oder wir schießen!«
»Wir müssen hier weg!«, schrie Nana und rannte blind drauflos.
»Nicht!«, brüllte Ingo und tastete mit dem Geist nach dem Hubschrauber und nach den verfluchten Scheinwerfern, während er ihr folgte.
»Stehen bleiben!«, dröhnte die Stimme noch einmal. Dann mischte sich das dumpfe Donnern eines Gewehrs in das Dröhnen der Rotoren und vor Ingo spritzte der Schnee in die Höhe. »Sofort Stopp, oder wir schießen!«
»Tut ihr doch schon, ihr Mistkerle!«, keuchte Ingo und ließ sich auf die Knie fallen. Mit geschlossenen Augen versuchte er den Hubschrauber zu erfassen. Er spürte die Hitze der Scheinwerfer, das hektische Pulsieren des Motors . . .
Am Rande konnte er Nana spüren, die Hitze ihrer Angst, während sie die Straße entlangrannte. Dann bellten erneut Schüsse auf und er vernahm einen gellenden Schmerzensschrei. Entsetzt fuhr Ingo herum und sah sie gerade noch in den Schnee sinken, die Arme grotesk nach hinten verdreht.
»Nein!«, brüllte er und starrte zu dem Hubschrauber empor. Sein geistiger Griff um die Maschine wurde härter, als er mit aller Macht versuchte das Ding zu erledigen. Ein stechender Schmerz schoss durch seinen Schädel, während über ihm mit einem Knall alle Scheinwerfer des Helikopters explodierten. In seiner Wut ignorierte er den Schmerz völlig und griff hart in den Motor hinein, versuchte alles zu blockieren, was dieses stählerne Monster in der Luft hielt. Beinahe konnte er die glühend heißen Eisenteile des Getriebes in seinen Händen rotieren fühlen, er konnte das Öl und Benzin riechen, als sein Geist sich wie ein Brecheisen in die komplizierte Mechanik stemmte . . .

Die Maschine gab ein bellendes Husten von sich und begann plötzlich sich im Kreise zu drehen und nach unten zu sinken, als der aufkreischende Motor unter Ingos unbarmherzigen Griff zu einem Haufen Schrott zerquetscht wurde.
Der Rotor berührte das Dach eines Hauses und ließ die Schindeln in alle Richtungen davonspritzen. Dann zersprang er selbst in eine Wolke Metallfetzen, die Funken versprühend auf die Straße herunterregneten. Erstaunlich langsam sackte der Hubschrauber nach unten und begrub zwei parkende Autos unter sich, als er aufschlug. Unwillkürlich duckte Ingo sich, da er eigentlich eine Explosion erwartete. Doch nichts dergleichen geschah. Manches war wohl doch nicht so wie in den Filmen. Der Hubschrauber lag einfach nur da und schaukelte leise auf den Autos hin und her. Die Kabine selbst schien kaum beschädigt zu sein, wie Ingo zu seiner Erleichterung sah. Er hatte niemanden töten wollen.

Stöhnend rappelte er sich wieder auf und taumelte auf Nana zu, die sich wimmernd im Schnee wand und ihr linkes Bein umklammert hielt. Über ihnen gingen Lichter in den Fenstern an, Leute streckten ihre Köpfe heraus und schrien in heller Panik durcheinander.
»Nana«, stieß Ingo hervor und musste sich gewaltsam am Schreien hindern. »Was ist mit dir los?«
Ein schwaches Grinsen glitt über ihr schmerzverzerrtes Gesicht. »Was wohl, du Trottel«, keuchte sie. »Diese Typen haben mich angeschossen, verflucht!«
»Ich hole einen Notarzt«, beschloss Ingo und wollte schon aufspringen, als sie ihn an der Schulter packte.
»Diese Kerle werden bald hier sein«, flüsterte sie. »Die werden sich schon um mich kümmern. Du musst abhauen und deinen Professor holen!«

»Du bist verletzt«, rief Ingo und zwang sich ruhig zu bleiben. Er musste ihr Bein abbinden, wenn er sich richtig erinnerte. Hastig zerrte er den Gürtel aus seiner Hose und bemühte sich ihn um ihren Oberschenkel zu binden. Nana schrie gellend auf, als er das Kunstleder zu einem engen Knoten zusammenzog.
»Dahinten sind sie!«, brüllte eine Männerstimme hinter ihm. »Los, kommt schon!«
»Du musst abhauen!«, presste Nana zwischen den Zähnen hervor. Ingo warf einen Blick über die Schulter. Aus dem Wrack des Helikopters waren vier Männer geklettert, die sich suchend umsahen. »Na los, mach schon. Sonst schnappen sie uns beide. Hau endlich ab!«
Die letzten Worte hatte sie so wütend herausgeschrien, dass Ingo erschrocken zurückfuhr. Dann wurde ihm klar, dass sie Recht hatte. Er konnte im Moment nichts mehr für sie tun.
»Ich komme zurück!«, versprach er schwach und rannte los, während ihm die Tränen der ohnmächtigen Wut über das Gesicht strömten.

Wie lange er durch die Stadt gerannt war, hätte er nicht sagen können. Er wusste nur, dass er irgendwann endlich vor dem Haus des Professors angekommen war. Erst beim Anblick der roten Backsteinmauer, die den Garten umgab, erinnerte er sich daran, dass er sehr vorsichtig sein musste. Zhafir erwartete mit Sicherheit, dass er hierher zurückkehrte.
Nach kurzem Überlegen wanderte Ingo zu einer Stelle der Gartenmauer, die ihm vor einiger Zeit einmal aufgefallen war. Neben einer Laterne stand hier ein Umspannkasten an der Mauer, der leise vor sich hin summte.
Vorsichtig kletterte Ingo darauf und hielt sich dabei an der Laterne fest. Das kalte Metall biss schmerzhaft in seine zitternden Hände.

Von dem Kasten aus konnte er gerade so die Kante der Mauer erreichen. Rasch zog er sich hinauf und spähte in den finsteren Garten hinunter. Mehrere Minuten lang zögerte Ingo, bevor er endlich sprang und sich im Schnee abrollte. Es war seltsam, so zwischen den schwarzen Baumgerippen hindurchzuschleichen. Vor drei Tagen noch hatte er hier genüsslich Luft geschnappt, als es ihm mit den Hausaufgaben zu viel geworden war. Und nun zitterte er vor Anspannung, weil er befürchten musste, dass jeden Augenblick einer von Zhafirs Gehilfen hinter ihm erschien.

Endlich tauchte das Haus vor ihm auf. Erleichtert atmete er tief durch und ging schneller. Gleich konnte er sich etwas Vernünftiges anziehen und einen Happen essen. Irgendwie schämte er sich für diese Gedanken, wo doch seine ganze Sorge Nana gelten sollte. Aber wenn er den Professor erreichen wollte, musste er bei Kräften sein und da half nun einmal nichts besser als ein kleiner Imbiss. Vielleicht gönnte er sich noch einen Kaffee und dann . . .
»Endlich«, ertönte eine bekannte Stimme tonlos hinter ihm und eine Hand legte sich schwer auf seine Schulter. »Guten Abend, Ingo. Mein Meister will dich dringend sprechen.«
Keuchend starrte Ingo den Kerl an. Zum ersten Mal sah er ihn aus der Nähe und der starre Blick der toten, schwarzen Augen ließ ihm die Haare zu Berge stehen. Der Unfall hatte sein lebloses Gesicht gezeichnet. Über die bleiche Wange zog sich eine schreckliche Wunde, ein Riss vom Kinn bis zum Jochbein, der so tief war, dass man durch ihn in den Mund hineinsehen konnte. Doch die grausige Verletzung blutete nicht im Geringsten, was das Ganze nur noch schrecklicher machte.
In stummem Entsetzen versuchte Ingo sich zu befreien. Wie ein Aal wand er sich in dem eisernen Griff, ohne dass in dem toten

Gesicht des Mannes die geringste Regung erschienen wäre. Unvermutet schlüpfte Ingo plötzlich aus der zu großen Jacke des Truckers und rannte los. Seine Schuhe rutschten in dem Schnee aus und er fiel keuchend hin. Auf allen vieren krabbelte er weiter, halb wahnsinnig vor Angst, auf den Schutz des Hauses zu, während hinter ihm die Schritte des Mannes im Schnee knirschten.

Erst nach einigen Metern rappelte Ingo sich wieder auf und rannte los. Das Haus kam immer näher. Endlich stürmte er die Treppe zur Haupttür hinauf und hatte den Türknauf schon in den Händen, als ihm einfiel, dass sein Schlüssel bei Nana zu Hause lag. Ein erschöpftes Schluchzen entfuhr ihm, während er sich zu seinem Verfolger umwandte. Es war alles umsonst gewesen. Jetzt hatte er keine Chance mehr dem Mistkerl zu entkommen.

Ruhig ging der tote Mann auf die Treppe zu und betrat die erste Stufe. Das Knirschen des Schnees unter seinen Schuhen riss Ingo aus seiner Erstarrung. Mit aller Gewalt warf er sich gegen die Tür. Das Holz war alt, vielleicht schaffte er es, die Flügel mit Gewalt einzudrücken! Seine Schulter schmerzte nach dem ersten Stoß, aber in seiner Panik spürte er es kaum. Ihm war, als hörte er etwas leise splittern.

Ein hektischer Blick über die Schulter zeigte ihm, dass er es nicht schaffen würde. Heulend vor Entsetzen hämmerte Ingo mit den Fäusten gegen die Tür, doch das dicke Holz ließ sich davon nicht beeindrucken. Den Rücken fest gegen die Tür gepresst, wandte sich Ingo nach seinem Verfolger um, der ihn jeden Moment erreichen würde.

Schon hatte der Mann die letzte Stufe erreicht und setzte seinen Fuß darauf. Plötzlich verzog sich seine Miene für eine Sekunde zu einer Maske der Überraschung. Dann erstarrte er.

Nach einer Minute glitt Ingo an der Tür hinunter, setzte sich auf die eisigen Steinplatten und verbarg das Gesicht in den Händen. Ein wenig später begann er leise zu lachen. Das also hatte der Professor gemeint, als er von seinen neuen Sicherheitsmaßnahmen gesprochen hatte.

Wie eine Wachsfigur stand der Mann da und musterte Ingo mit seinen toten Augen. Obwohl Ingo sich jetzt sicher vor ihm fühlte, jagte er ihm immer noch eine Heidenangst ein. Als er zu dem Kellereingang stapfte, der nie verschlossen war, kam er dem versteinerten Verfolger nicht näher als unbedingt nötig.

Ein gedämpftes Telefonklingeln ließ ihn zusammenschrecken, während er die düstere Treppe in die Eingangshalle hinaufstieg. Beim zweiten Klingeln begann er trotz seiner schmerzenden Beine zu rennen.

»Hallo?«, keuchte er drei Sekunden später in den Hörer. »Wer ist da?«

»Ich bin's«, ertönte Angies erschöpfte Stimme. »Ich glaube, ich weiß jetzt, wo der Mistkerl ist.«

»Wo?«

»Schwören kann ich das nicht, aber ich denke, dass er hier im Hoeffner-Institut sitzt. Das Tracing-Protokoll sagt, dass er irgendwo an einem Leitungsknoten in Unterwerden hängen muss. Und da gibt's ansonsten nur blöde, spießige Reihenhäuser. So raffiniert wie sein Spiel ist, braucht der Typ als Basis 'ne ganz anständige Mainframe. Außer in dem Institut wirst du da draußen keinen Rechner finden, der so 'ne Leistung hat.«

»Was ist das für ein Institut?«, fragte Ingo atemlos nach. »Oder warte mal – sind das die mit dem K3-Format? Dieses Komprimierungszeugs?«

»Bingo«, bestätigte Angie. »Das sind ziemliche Profis. Ich wette, der Kerl ist einer von denen.«

»Wahrscheinlich«, stimmte Ingo zu. Er bezweifelte, dass Zhafir tatsächlich nur ein Programmierer bei einem Softwareinstitut war, aber das wollte er Angie nicht auf die Nase binden. »Vielen Dank, Angie. Du hast echt was gut. Und bitte verschwinde jetzt aus deiner Wohnung, okay?«

»In Ordnung«, versprach die Hackerin amüsiert. »Übrigens: Vorhin hat auf der Straße irgendwas gewaltig gekracht. Hatte das was mit euch zu tun?«

»Kann man sagen«, sagte Ingo schwach. »Sei vorsichtig.«

»Natürlich«, flüsterte eine Stimme, die nicht Angie gehörte. »Sie wird sehr vorsichtig sein. Nur wird ihr das überhaupt nichts nützen, Ingo.«

»Nein«, keuchte Ingo und seine Hand verkrampfte sich so um den Hörer, dass das Plastik knackte. »Zhafir!«

»Was hast du gesagt?«, fragte Angie verwundert. »Ich habe dich nicht verstanden.«

»Bis eben konnte ich sie nicht genau sehen«, erklärte Zhafir fröhlich. »Aber nun weiß ich endlich, wo die kleine Schnüfflerin wohnt. Kannst du dir denken, was gleich geschehen wird, Ingo?«

»Lass sie in Ruhe!«, brüllte Ingo.

»Was ist bei dir los, verdammt?«, rief Angie. »Ingo, mit wem redest du?«

»Angie, leg auf und hau ab!«, schrie Ingo. »Verschwinde, so schnell du kannst. Er hat dich gefunden! Hau sofort ab!«

»Ingo, das hat doch keinen Sinn«, ermahnte Zhafir ihn sanft. »Nana habe ich schon. Ich werde sie noch ein wenig behalten, denke ich. Aber Angie – an ihr sollte ich eigentlich mal zeigen, dass es mir ernst ist.«

»Was willst du von mir?« Ingos Stimme versagte vor Angst. »Oh Gott, sag mir doch endlich, was du willst.«

»In Ordnung«, drang Angies nervöse Stimme immer leiser an sein Ohr. »Ich habe einen Flug gebucht. In zwei Stunden bin ich . . .« Dann war sie nicht mehr zu hören.

»Richtig«, erklärte Zhafir und Ingo konnte sein Grinsen fast sehen. »Ich habe ihre Ticketbestellung hier. In einer Stunde und dreizehn Minuten wird deine Freundin eine 747 der British Airways besteigen. Es mag dich wundern, aber der Flieger wird dem Tower genau dreißig Minuten nach dem Start einen Triebwerksschaden melden.« Die Stimme wurde wieder zu einem Flüstern. »Siebenundzwanzig Sekunden später wird er in einen kleinen Wald stürzen. Ich bin gespannt, ob Angie den Absturz überlebt.«

»Was muss ich tun?«, flüsterte Ingo. Er hatte Mühe den Hörer in der Hand zu halten. »Sagen Sie mir, was ich tun soll.«

»Das weißt du doch«, sagte Zhafir leise. »Spiel mit mir, Ingo. Spiel mit mir.«

Wie in einem düsteren Traum taumelte Ingo in den Keller hinunter. Einen Moment lang versuchte er sich ein wenig zu beruhigen. Dann sagte er konzentriert die Formel auf, die das Labor des Professors öffnete. Der Zauber ließ seine Kopfschmerzen wieder aufbrüllen und er stolperte keuchend in den kleinen Raum hinein.

Mit fahrigen Bewegungen suchte er die Werkzeuge zusammen, die ihm eine Verbindung mit seinem Meister ermöglichen sollten. Wenige Minuten später hockte er im Schneidersitz inmitten von sieben Runensteinen, die blau aufglühten, als er einige Silben murmelte. Seine Kopfschmerzen ließ er in seinem Körper zurück, während sein Geist sich auf eine Reise machte, die ihn in wenigen Herzschlägen rund um die Erde und mitten hindurch führte.

»Es ist kein Problem, mit dem Flügelschlag einer Taube das Universum zu durchqueren«, hatte der Professor damals gesagt, als er Ingo diesen Zauber beibrachte. »Du musst nur wissen, wo dein Ziel ist.«

Jetzt wusste Ingo, wo sein Ziel lag. Es war sein Meister selbst. Nach einer ganzen Ewigkeit, die in wenigen Sekunden vorüberhuschte, spürte er ein vertrautes Muster und einen Wimpernschlag später hatte er den Geist des Professors erreicht.
Meister, dachte er erleichtert. Ich brauche Ihre Hilfe.
Was ist los?, kam unverzüglich die Antwort. Das schwache Band, das Ingo geknüpft hatte, verstärkte sich wie ein Rinnsal, das in ein paar Augenblicken zu einem breiten Strom anschwillt. Warum rufst du mich?
Sofort öffnete Ingo sich dem Drängen seines Meisters. Einen weiteren Moment später hatte der alte Magier eine Flut von Bildern, Gefühlen und Geräuschen empfangen. Damit wusste er alles, was in den letzten Tagen geschehen war.
Um Gottes willen, stöhnte er. Zhafir! Jetzt verstehe ich endlich. Bei dir ist er also!
Wer ist dieser Mann?, fragte Ingo und versuchte das geistige Band zu kräftigen. Es drohte sich bereits aufzulösen. Was soll ich tun?
Du wirst auf uns warten, befahl der Professor, ohne auf Ingos erste Frage einzugehen. Wir sind schon auf dem Weg zu dir. Bleibe, wo du bist. Halte dich von deinem Computer fern. Tue nichts, was Zhafir dir sagt. Wir sind bald bei dir.

Noch bevor Ingo etwas erwidern konnte, brach die Verbindung ab und wich wieder den grässlichen Kopfschmerzen. Schwarze Flecken tanzten vor Ingos Augen, während er das Blut betrachtete, das aus seiner Nase auf den Steinboden tropfte. Schließlich raffte er sich auf und verließ das Labor wieder, ohne die Runensteine aufzuräumen.

In der Küche nahm er zwei Aspirin und trank ein paar Schluck Wasser. Dann taumelte er in das Kaminzimmer und ließ sich in einen der Sessel fallen. Sobald er wieder etwas klarer im Kopf war, sah er auf die Uhr. Ein Schauer lief ihm den Rücken hinab. In diesem Augenblick musste Angie auf dem Weg zum Flughafen sein. Das Pendel der großen Standuhr schwang unbarmherzig hin und her wie eine Totenglocke, während der Minutenzeiger immer weiter vorrückte. Vor seinem inneren Auge sah er förmlich, wie sie ihr Ticket kaufte, eincheckte und dann in der Wartehalle saß, während das Flugzeug bereitgestellt wurde.

Eine Viertelstunde vor der Abflugzeit stand er auf und wanderte in dem großen Raum umher wie in einem Käfig. Noch fünf Minuten würde er warten, beschloss er. Dann musste er nach oben gehen und seinen Rechner anschalten. Er konnte nicht zusehen, wie Zhafir einen Jumbo-Jet zum Absturz brachte, nur weil Ingo sich nicht traute ihm entgegenzutreten.

Die fünf Minuten verstrichen, ohne dass etwas geschah. Er ging zur Treppe, die zu seinem Zimmer führte. Auf der ersten Stufe hielt er inne. Was sollte er nur tun? Der Professor hatte ihm einen eindeutigen Befehl gegeben und Ingo war sich einerseits sicher, dass sein Meister wusste, wovon er sprach. Andererseits wusste er auch, dass der Alte in erster Linie an Ingos Sicherheit denken würde und erst dann an die von Nana oder Angie . . .

- ➪ **Hier musst du Ingos innere Stimme sein. Wenn du denkst, dass er auf eigene Faust handeln sollte, lies weiter bei Teil 18 auf Seite 167.**
- ➪ **Wenn du meinst, dass er dem Befehl des Professors folgen sollte, ließ weiter bei Teil 16 auf Seite 147.**

TEIL 14

In Ordnung«, brummte Ingo und kniete neben Murad nieder. Er war sich sicher, dass das Mädchen bei Zhafir nicht Nana war. Nana wusste, welches Lied er gemeint hatte, und die Sache mit der Verletzung hatte nur noch den letzten Zweifel beseitigt.
Staunend ließ er seinen Blick über die Platinen und Karten im Inneren des Rechners schweifen. Einen Moment dachte er darüber nach, einfach alles einzupacken und mit nach Hause zu nehmen. Dieses Zeug war ein Vermögen wert.
»Das hier sind doch die Festplatten, wenn mich nicht alles täuscht«, sagte Murad und sah Ingo fragend an, der nur nickte. »Gut, dann wollen wir mal.«
Der junge Magier packte die erste Platte und zerrte daran. Plötzlich knallte etwas in dem gewaltigen Gehäuse und ein Funkenregen stob ihnen entgegen.
»Ingo, du erbärmlicher Feigling«, höhnte Zhafirs Stimme. »Jetzt werde ich deine Freundin wohl mitnehmen müssen. Wir werden uns wieder sehen.«
»Du hast keine Chance, Zhafir. Jetzt entkommst du uns nicht mehr«, erklärte der Professor grimmig. Beim Anblick seines selbstsicheren Gesichtsausdrucks lief Ingo ein Schauder über den Rücken. Ihm war plötzlich etwas eingefallen.
»Oh Gott!«, flüsterte er und sprang auf die Beine. »Zhafir, warte! Verdammt, Murad, wir müssen die Kabel finden! Los, sonst ist er weg!«
»Was meinst du?«, schnappte der Professor, während Ingo um das Gehäuse herumhetzte und den Boden absuchte.

»Er kann abhauen!«, schrie Ingo panisch. Die Telefonkabel des Rechners mussten im Betonboden versenkt sein, er konnte einfach nichts sehen. »Der Typ besteht doch nur aus Daten! Und diese Mainframe hat bestimmt einen verflucht schnellen Anschluss nach draußen. Verflucht, der jagt sich gleich durchs Netz und wir finden ihn nie wieder!«

»Du hast Recht!«, stieß Murad gepresst hervor und begann hektisch die Festplatten aus dem Rechner zu reißen. Seine rechte Hand war plötzlich blutüberströmt, da er an einer scharfen Kante hängen geblieben war. Er beachtete die Wunde nicht weiter, sondern zerrte weiter verbissen die Gedärme der Mainframe aus dem Gehäuse.

Ingo wollte ihm helfen, aber die Öffnung reichte gerade für Murad aus. Es blieb ihm nichts anderes übrig als dazustehen und auf den Bildschirm zu starren, auf dem Zhafir zu sehen war, wie er durch die Säulenhalle rannte. Nana – oder ihr Trugbild – zerrte er am Handgelenk hinter sich her.

Sie erreichten die Wand hinter dem Altar, in der Ingo auf einmal eine Tür entdeckte. Zhafir riss sie auf und stieß Nana hindurch, bevor er sich noch einmal zu ihnen umdrehte. Sein Gesicht war verzerrt vor Hass und Ingo lief ein Schauer über den Rücken, als sich ihre Blicke kurz trafen.

In diesem Moment wurde der Monitor schwarz und Murad warf die letzte herausgerissene Festplatte hinter sich. Stumm starrten der Professor und Ingo auf die schwarze Fläche.

»Das war knapp«, sagte der Professor nach ein paar Sekunden. Er atmete schwer. »Aber ich denke, wir haben es geschafft.«

»Dem Herrn sei's gedankt«, stöhnte Murad und stand auf. Verächtlich betrachtete er die zerstörten Platinen und Kabel und murmelte

ein paar Silben. Die flachen Metallkästchen begannen zu qualmen und zerstoben schließlich in winzige, glühende Bruchstücke.
»Fahr zur Hölle, Zhafir«, verabschiedete sich der Professor grimmig von seinem Feind.

Gedämpfte Männerstimmen drangen durch die Glastür und alle drei fuhren herum. Die Polizisten mussten jeden Augenblick bei ihnen sein.
»Jetzt sollten wir hier verschwinden, schätze ich«, stellte Murad fest und betrachtete nachdenklich seine blutende Hand. »Habib, könntest du das erledigen?«
»Für einen Transport reichen meine Kräfte auch nicht mehr«, erklärte der alte Magier. »Aber ich habe eine andere Idee.«
Mit geschlossenen Augen sagte er eine Formel auf. Kaum hatte er den Kopf wieder gehoben, als Polizisten mit Helmen und kugelsicheren Westen in den Raum stürmten. Ingo wich vor ihnen zurück und ging hinter dem Rechner in Deckung, während Murad und der Professor den Männern lediglich ein wenig auswichen.
Doch die Polizisten schienen weder ihn noch die beiden Magier zu sehen. Mit großer Vorsicht sicherten sie den ganzen Raum und betrachteten die Splitter der Festplatten.
»Scheiße«, knurrte einer von ihnen, nahm den Helm ab und zog sich seine Gesichtsmaske herunter. »Sagt den anderen, dass hier alles klar ist. Und wir brauchen jemanden von der Spurensicherung.«
»In Ordnung«, bestätigte ein anderer und verließ den Raum. Der Professor sah Ingo an und winkte ihm. Leise verließen sie das Institut.
Ohne ein Wort zu wechseln, erreichten sie den Parkplatz und stiegen in den Jaguar. Obwohl mehrere Polizisten direkt neben dem

Wagen standen und sich unterhielten, nahm keiner von ihnen zur Kenntnis, wie der Professor den Motor anließ und langsam davonfuhr.
Keiner sagte ein Wort. Murad wickelte schweigend ein Taschentuch um seine verletzte Hand. Er sah schlecht aus, die Strapazen der letzten Tage waren ihm ins Gesicht geschrieben. »Die Polizisten werden Ärger kriegen, wenn ihr Einsatzleiter herausfindet, dass wir offensichtlich unter den Augen der Männer abgezogen sind«, sagte er mit einem müden Lächeln.
»Es tut mir immer Leid, wenn so etwas geschieht«, sagte der Professor stirnrunzelnd. »Diese Männer können schließlich nichts dafür, dass sie es mit uns zu tun hatten. Letzten Endes trifft es immer die Falschen.«
»Was ist mit Nana?«, fragte Ingo unvermittelt. »Wie finden wir sie?«
»Warte, bis wir zu Hause sind«, wies ihn sein Meister an. »Sobald wir uns alle ausgeschlafen haben, werden wir uns erkundigen, wie sie die Sache überstanden hat.«
»Sie meinen, sie ist wieder bei ihren Eltern?«
»Ich bin mir ziemlich sicher. Wenn nicht, verspreche ich dir, dass wir sie finden werden.«
Am liebsten hätte Ingo darauf bestanden, dass sie Nana sofort suchten. Aber ihm war klar, dass ihre Chancen dann erheblich schlechter waren, sie zu finden. Und vor allem sah er, dass der Professor und Murad am Ende ihrer Kräfte waren. Deshalb lehnte er sich zurück und sah nachdenklich aus dem Fenster über die verschneiten Stoppelfelder neben der Landstraße, die im ersten Tageslicht golden glänzten.

Eine gute halbe Stunde später glitt der Jaguar in die Garage neben der Villa. Sowohl der Professor als auch Murad sahen halb tot aus, wie sie sich in ihre Zimmer schleppten. Auch Ingo war entsetzlich müde, aber er rannte trotz allem als Erstes zum Telefon, um bei Nana anzurufen. Er wählte die Nummer und hörte ungeduldig das Rufzeichen. Er ließ es eine kleine Ewigkeit läuten. Doch es hob keiner ab. Schliefen die so tief oder was war los? Ingo konnte nicht mehr. Jetzt blieb ihm nichts anderes übrig als darauf zu vertrauen, dass Nana wohlbehalten zu ihren Eltern zurückgekommen war. Verzweifelt ging er auf sein Zimmer und ließ sich aufs Bett fallen. Trotz der Erschöpfung konnte er lange nicht einschlafen. Nicht nur die Sorge um Nana geisterte in seinem Kopf herum. Vorhin, als er die eingefallenen Gesichter der beiden Männer gesehen hatte, war ihm irgendeine Idee gekommen, die sehr wichtig war, die er aber einfach nicht zu greifen bekam.

Schließlich schaffte er es trotz seiner Ängste, in einen unruhigen Halbschlaf zu verfallen. Scheußliche Träume plagten ihn, in denen er einmal abwechselnd von Zhafir und dem Mathrim gejagt wurde, und ein anderes Mal von Nana angefleht wurde ihr zu helfen.
Es war kurz nach Mittag, als er schweißgebadet hochfuhr. Gerade noch hatte der bleiche Kerl nach ihm gegriffen und ihn zu einem riesigen Mercedes geführt, in dessen Fenster Nanas bleiches Gesicht auftauchte. Völlig willenlos vor Angst, war Ingo eingestiegen und im selben Moment hatte der Wagen inmitten der Säulenhalle gestanden. Als dann Zhafir sich auf dem Fahrersitz umgedreht und ihn triumphierend angegrinst hatte, war er endlich aufgewacht.

Am ganzen Leib zitternd, stieg Ingo die Treppe hinunter und ging in die Küche. Dort holte er sich einen Orangensaft aus dem Kühlschrank und setzte sich an den Tisch. Der kühle Saft klärte seine Gedanken ein wenig und er dachte nach.

Eine Minute später schoss er durch den Flur zur Haupttür. Als sie zu dem Institut aufgebrochen waren, hatte der Professor gesagt, dass der Mathrim Ruhe finden würde, sobald sein Meister tot war. Wenn der Kerl jetzt wirklich erlöst war, dann wusste Ingo mit Sicherheit, dass auch Zhafir tot war.
Ungeduldig riss er die schweren Torflügel auf. Die eisige Luft des Wintertages biss ihm trotz der Mittagssonne schmerzhaft in die nackten Arme und Beine, doch etwas ganz anderes ließ ihn erstarren. An der Stelle, an der vor ein paar Stunden noch der bleiche Mann gestanden hatte, lag nun ein breiter, schwarzer Aschehaufen.

Langsam setzte sich Ingo auf die verschneiten Treppenstufen und verbarg das Gesicht in den Händen. Vor Erleichterung spürte er nicht, wie der Schnee unter seinem Hintern schmolz und seine Boxershorts durchnässte. Sie hatten es wirklich geschafft. Zhafir war tot und nichts konnte ihn mehr zum Leben erwecken. Einige Minuten lang saß Ingo nur in der Kälte und genoss es, wie seine Sorgen von ihm abfielen.
Blinzelnd sah er in die Sonne und freute sich über die warmen Strahlen auf seinem Gesicht. Schließlich bemerkte er, dass er in Unterwäsche im Schnee saß, und stand zitternd auf. Vermutlich hatte er sich gerade die Erkältung seines Lebens eingefangen, aber er freute sich geradezu auf einige Tage im Bett.
Doch vorher musste er Nana sehen. Irgendwie war er sich mit einem Mal sicher, dass sie daheim war. Der Alptraum war zu Ende und nun konnte das Leben beginnen.

Schon wollte er ins Haus zurückgehen, als er aus dem Augenwinkel eine kleine Gestalt sah, die zwischen den kahlen Bäumen hindurch auf das Haus zuging. Er fuhr herum und stieß einen Freudenschrei

aus. Einen Augenblick später rannte er durch den Schnee und schloss Nana stürmisch in seine Arme.
Sie sah zu ihm hoch und ein seltsames Blitzen in ihren Augen gab Ingo das Gefühl, als würde sie ihn auslachen. Doch dann erinnerte er sich an seine Aufmachung, und wenn sich ihre Lippen nicht getroffen hätten, hätte er vermutlich auch gelacht.

In seinem ganzen Leben hatte Ingo noch keinen Kuss wie diesen bekommen. Es war ein richtiger Zungenkuss mit allem Drum und Dran und er hätte sterben können vor Glück, als sie sich wieder voneinander lösten und tief in die Augen sahen.
»Oh Gott, ich bin so froh, dass dir nichts passiert ist«, flüsterte Ingo schließlich.
»Das kann ich von mir nicht sagen«, erwiderte sie lachend. »Vor allem, nachdem du und deine zwei Freunde alles getan haben, um mich umzubringen.«
»Was meinst du?«, fragte Ingo irritiert. »Was ist denn passiert?«
Sie lachte wieder und kuschelte sich an ihn. »Dass du dich so hartnäckig geweigert hast das Spiel zu spielen, hat mich zu dem gemacht, was ich jetzt bin – ein kleines Mädchen.«
Ungläubig starrte Ingo auf den Stoppelkopf, der sich an seine Brust schmiegte. Eine eisige Hand griff nach seinem Herzen.
»Was meinst du damit?«, flüsterte er und schob sie von sich weg.
»Du verstehst schon«, grinste sie. »Ich hatte vor, deinen Körper zu nehmen. Dann wäre ich wieder das geworden, was ich schon vor langer Zeit war – der mächtigste Magier der Welt.«
»Oh nein«, hauchte Ingo und trat einen Schritt zurück. »Bitte nicht!«
Da verzerrten sich Nanas feine Züge vor wahnsinniger Wut zu einer Grimasse, die kaum noch Ähnlichkeit mit ihrem Gesicht hatte.

»Stattdessen bin ich jetzt ein sterbliches Mädchen, das nicht den Hauch der Gabe hat. Nicht einmal mein Mathrim hat diese Verwandlung überstanden!«

»Nein«, wiederholte Ingo mit zitternder Stimme. »Nein, nein!«

»Aber du musst nicht denken, dass ich mich nicht rächen würde, mein Junge«, schrie Zhafir mit sich überschlagender Stimme. »Du wolltest deine kleine Freundin treffen – bitte, hier ist sie!«

Auf einmal veränderte sich die wutverzerrte Fratze zu Nanas Gesicht, in dem die nackte Angst stand.

»Ingo, bitte!«, flüsterte sie. »Du musst mir helfen! Ich weiß, dass ich meinen Körper nie mehr wiederhaben kann. Bitte, du musst ihn töten! Du musst . . .«

»Das reicht jetzt«, schnitt Zhafir ihr das Wort ab. »Ich werde in diesem Körper nicht weiterleben, das ertrage ich nicht. Aber, Ingo, du solltest wissen, dass deine Feigheit es war, die deine Freundin das Leben gekostet hat. Ich sehe dich in der Hölle, Junge!«

Das Gesicht nahm wieder Nanas Züge an, die einen grausamen Schmerz widerspiegelten.

»Es ist gut«, wisperte sie und krümmte sich zusammen. »Er tötet uns beide – es ist . . .«

Damit fiel sie zur Seite um und blieb zuckend im Schnee liegen. Ein letzer Krampf ließ ihren Körper erschauern, dann entspannte er sich.

Langsam kniete Ingo neben ihr nieder und sah in ihre weit aufgerissenen, leblosen Augen. Ein grauenvoller Schmerz zerriss sein Herz und schnürte ihm die Kehle zu, als ihm klar wurde, dass er Nana nie mehr wieder sehen würde.

»Es tut mir Leid«, flüsterte er und streichelte Nanas Haarstoppeln. »Es tut mir so Leid.«

Eine ganze Zeit später stand er wieder auf und ging auf das Haus zu. Als er an dem Aschehaufen vorbeikam, verharrte er noch einmal kurz und sah sich um. Nana lag eingesunken im Schnee da, als ob sie nur schliefe.

»In Ordnung, Zhafir«, würgte er hervor und ballte die Fäuste so fest zusammen, dass seine Fingernägel ihm in die Handflächen schnitten. »Wir sehen uns in der Hölle wieder.«

➪ **Du hast nun eines der möglichen Enden dieser Geschichte erreicht. Wenn du dir ein anderes suchen willst, lies weiter bei Teil 19 auf Seite 175.**

TEIL 15

Stöhnend rieb sich Ingo das Gesicht. Er konnte hier nicht herumsitzen und darauf warten, dass dieser Zhafir ihn fertig machte. Jetzt musste er erst einmal sehen, dass er nicht erfror, und dann würde er sich um Nana kümmern. Seine Angst und seine Wut verliehen ihm neue Kräfte, als er in die Nacht hinaustrat und sich zu orientieren versuchte. Bis nach Hause würde er es nicht schaffen, das war ihm jetzt klar.

Krampfhaft suchte er nach einer anderen Möglichkeit, um der Kälte zu entkommen, während er möglichst schnell von der Telefonzelle wegstapfte. Hinter einigen Bäumen blieb er stehen und sah sich um. Einige hundert Meter von ihm entfernt strahlten zwei gleißende Scheinwerfer durch die Dunkelheit. Er duckte sich tief hinter einen Baumstamm und beobachtete, wie ein schwarzer Mercedes auf die Zelle zuraste und schleudernd daneben stehen blieb.

Zitternd beobachtete Ingo, wie die Fahrertür aufgestoßen wurde und ein riesiger Mann in einem dunklen Mantel ausstieg. Langsam betrat er die Telefonzelle und nahm den Hörer in die Hand. Dann ließ er ihn wieder achtlos fallen und musterte suchend die Umgebung. Im Neonlicht der Telefonzelle konnte Ingo den Mann gut beobachten. Für einen schrecklichen Moment trafen sich ihre Blicke und Ingo hätte vor Entsetzen fast aufgeschrien, als er die leblosen, schwarzen Augen in dem kalkweißen, totenstarren Gesicht sah. Das waren nicht die Augen eines Menschen und mittlerweile hatte Ingo gelernt seinen Gefühlen in solchen Situationen zu trauen.

Instinktiv duckte er sich noch tiefer und dann endlich glitt der Blick dieses Mannes an ihm vorbei. Schließlich trat er in die Telefonzelle, nahm den baumelnden Hörer auf und sprach einige Worte hinein. In diesem Moment begriff Ingo: Nana war ernsthaft in Gefahr. Dies war eine Bedrohung der anderen Art. Er musste sie retten. Rasch fasste er einen Entschluss: Dieser Typ hätte ihn zu Zhafir bringen sollen. Und dort würde er vermutlich auch Nana finden.

Leise huschte er aus seinem Versteck hervor und auf den Wagen zu. Geduckt rannte er im Schatten des Mercedes durch den Schnee, ohne den Kerl in der Zelle aus den Augen zu lassen. Zum Glück war der so in das Gespräch mit Zhafir vertieft, dass er Ingo nicht bemerkte. Einen Moment später kauerte Ingo zitternd hinter dem Heck des Mercedes und tastete nach dem Verschluss des Kofferraumes. Die Klappe schnappte mit einem sanften Klicken auf. Noch einmal vergewisserte Ingo sich, dass der Mann nicht in seine Richtung sah, und glitt in den geräumigen Kofferraum hinein. Vorsichtig zog er die Klappe bis auf einen schmalen Spalt wieder zu und hoffte verzweifelt, dass der Typ nicht bemerkte, dass sie nicht wirklich verschlossen war.
Einen Augenblick später schaukelte der Wagen ein wenig, als der Mann wieder einstieg und die Tür kraftvoll zuschlug. Der Motor dröhnte auf und Ingo klammerte sich krampfhaft fest, während der Fahrer den Mercedes mit durchdrehenden Reifen über den verschneiten Weg jagte.

Kaum waren sie losgefahren, als Ingo schon an seinem Plan zweifelte. Ihm war nicht besonders wohl bei der Vorstellung sich direkt in die Höhle des Löwen zu begeben. Wahrscheinlich hätte er doch zuerst versuchen sollen den Professor zu erreichen. Aber für Reue

war es jetzt zu spät und schließlich musste er sich um Nana kümmern.
Stumm lauschte er dem gedämpften Verkehrslärm um sie herum und versuchte sich vorzustellen, wohin sie gerade fuhren. Am liebsten hätte er die Klappe einmal kurz gehoben, um sich umzusehen. Doch ihm war das Risiko zu groß, dass der Fahrer das durch den Rückspiegel sah, und so wartete er gespannt auf das Ende dieser Fahrt ins Ungewisse. Wenigstens war es in dem Kofferraum ziemlich warm und er knetete seine klammen Finger, bis sie nicht mehr ganz so weh taten.

Nach einer halben Ewigkeit blieb der Wagen stehen und der Motor verstummte. Aufmerksam wartete Ingo, bis der Kerl ausgestiegen war und sich seine Schritte entfernt hatten. Dann erst drückte er die Klappe so weit auf, dass er sich umsehen konnte. Der Wagen stand auf einem düsteren, verlassenen Hof. Ringsumher erhoben sich verwahrloste Fabrikhallen, deren Betonmauern mit hässlichen, lustlosen Graffiti übersät waren. Hastig kroch er aus dem Kofferraum und ließ vorsichtig die Klappe zuschnappen. Dann folgte er den Spuren des Mannes, die sich deutlich auf der unberührten Schneedecke abzeichneten.
Nach wenigen Metern erreichte er das Ende einer der Hallen und spähte vorsichtig um die Ecke. Hier standen zwei andere Autos und Ingo erkannte sofort den VW-Bus, in den die Polizisten Nana verfrachtet hatten. Aus einer halb offenen Stahltür drangen Licht und Stimmengemurmel. Wegen der Eiseskälte klapperten Ingos Zähne mittlerweile wieder so heftig, dass er kaum etwas verstehen konnte. Vorsichtig näherte er sich der Tür und lugte durch den Spalt. Es dauerte einen Augenblick, bis er Nana ausmachen konnte. Sie kauerte auf einem Bürostuhl, eine Decke um sich gewickelt. Immer-

hin hatte man ihr die Handschellen abgenommen. In ihrem blassen Gesicht stand die nackte Angst, aber sie gab sich alle Mühe dies zu verbergen. Hinter ihr lehnten die Polizisten an der Wand. Die Waffen hatten sie sich locker über die Schulter gehängt. Teilnahmslos zogen sie an ihren Zigaretten und verfolgten das Gespräch zwischen ihrem Einsatzleiter und dem unheimlichen Mann mit den schwarzen Augen.

»Mir gefällt das nicht besonders«, schnaubte der Einsatzleiter gerade und musterte den Kerl misstrauisch. »Die ganze Sache stinkt doch zum Himmel. Was soll dieser Mist denn? Alleine dieser Treffpunkt hier! Warum bitte sollten wir die Eltern ganz normal bei der Wache abliefern und nur die Kinder hier?«

Ingo atmete erleichtert auf. Wenigstens Nanas Eltern schienen in Sicherheit zu sein.

»Und sehen Sie sich das Mädchen doch an!«, fuhr der Polizist wütend fort. »Das ist ein Kind, verflucht! Außerdem: Wie kommt Ihr Chef zu der Befugnis einen K17-Einsatz für meine Männer zu befehlen?«

»Sie haben den Befehl mir dieses Mädchen zu übergeben«, erwiderte der blasse Mann tonlos. »Über meine Kompetenzen müssen Sie sich keine Sorgen machen. Ich warne Sie: Wenn Sie bei dieser Angelegenheit nicht mitarbeiten, werden Sie Schwierigkeiten bekommen, die Sie sich nicht vorstellen können.«

Der Einsatzleiter wich vor der Kälte in der Stimme des Mannes zurück. »Wenn mich nicht alles täuscht, werden noch Köpfe rollen, sobald das vorbei ist«, knurrte er trotzig. »Ich kann mir nicht vorstellen, dass das hier in Ordnung ist.«

»Ihre Vorstellungskraft ist mir egal, geben Sie mir das Mädchen«, wiederholte der Mann seine Forderung. »Jetzt.«

»Nein!«, meldete sich Nana plötzlich zu Wort und sprang auf. Zwei

der Polizisten ließen sofort ihre Zigaretten fallen und stellten sich neben sie. »Verflucht, sehen Sie sich den Kerl doch mal an. Das ist kein Bulle!«
Der Einsatzleiter musterte sie. In seinem kantigen Gesicht regte sich so etwas wie Mitleid. »Tut mir Leid«, sagte er schließlich zu dem Kerl. »Bevor ich nicht eindeutige Befehle von meinem direkten Vorgesetzten bekommen habe, werde ich Ihnen das Kind nicht übergeben.«
Seine Männer nickten anerkennend. Auch ihnen schien der Kerl mit den schwarzen Augen nicht geheuer zu sein.
»Wie schade«, stellte der fest und lachte heiser. Seine rechte Hand schnellte vor und umfasste den Hals des Einsatzleiters. Die Augen des Polizisten traten aus den Höhlen, als er hochgehoben wurde. Mühelos schwenkte der bleiche Kerl den breitschultrigen Mann in der Luft umher und schleuderte ihn dann in einem hohen Bogen quer durch die Halle.
Es dauerte einen Augenblick, bevor Leben in die anderen Beamten kam. Mit offenen Mündern starrten sie den Kerl an. Dann endlich griffen sie nach ihren Waffen und richteten sie hastig auf ihn.
»Stehen bleiben!«, brüllte einer. »Die Hände hoch! Auf die Knie, verdammt!«
Ohne die Männer einer Antwort zu würdigen, ging der Kerl auf Nana zu. Sie stand langsam auf, die Augen vor Schrecken weit aufgerissen.
»Stehen bleiben oder ich schieße!«, kreischte der Polizist noch einmal.
»Du kommst mit mir«, sagte der bleiche Mann, ohne ihn auch nur anzusehen, und langte nach Nana aus. In diesem Moment fiel der Warnschuss.

Der Lärm war unbeschreiblich. Ingo kniff geblendet die Augen zusammen, als die Maschinenpistolen der Polizisten losbrüllten und mit ihren Mündungsblitzen die düstere Halle in grelles Licht tauchten. Nana taumelte schreiend in Richtung der Tür, die Hände fest auf die Ohren gepresst, während der bleiche Kerl von den Kugeln durchlöchert wurde und ins Straucheln geriet.
Wie gelähmt verfolgte Ingo das Geschehen. Nach einem Herzschlag stellten die Männer das Feuer ein und das Donnern ihrer Waffen wurde vom leisen Klingeln der Patronenhülsen auf dem Beton abgelöst. Mit verzerrten Gesichtern beobachteten sie, wie der bleiche Kerl sich stumm mit einer Hand auf dem Boden abstützte, um nicht hinzufallen. Dann richtete er sich wieder auf. Sein Mantel war über der Brust völlig zerfetzt, aber er schien nicht einen Tropfen Blut zu verlieren. Das tote Gesicht war völlig reglos, als er Nana anstarrte, die nun direkt neben der Tür stand. Und dann sah er Ingo.
»Du!«, wisperte er und wollte sich in Bewegung setzen.

Mit einem Satz sprang Ingo in die Halle und packte Nana am Arm. »Feuer!«, brüllte er verzweifelt und schubste Nana nach draußen. Es funktionierte. Die völlig überdrehten Polizisten reagierten auf seinen Befehl und durchsiebten den Kerl von neuem.
»Ingo!«, keuchte Nana, während er losrannte und sie hinter sich herzerrte. »Wo warst du?«
»Später!«, keuchte Ingo und sah sich panisch nach einem Fluchtweg um. Er glaubte nicht, dass die Polizisten dieses Wesen noch lange aufhalten konnten. »Wir müssen hier weg!«

Gemeinsam rannten sie über das verlassene Fabrikgelände, bis sie ein Tor erreichten. Es führte auf eine breite Straße, die sich an dem

Gelände entlangzog. Weit und breit war kein Mensch zu sehen. Ohne lange zu überlegen, hasteten sie weiter die Straße hinunter.
»Wir müssen jemanden finden, der uns hilft!«, stieß Nana hervor. »Was war das für ein Typ?«
»Keine Ahnung«, gab Ingo zurück. »Hörst du das?«
In der Ferne dröhnte ein schwerer Motor durch die Nacht, der immer lauter wurde. Dann blitzten die Scheinwerfer eines Sattelschleppers vor ihnen auf.
»Wir müssen ihn anhalten!«, rief Nana zitternd und trat mitten auf die Straße. Ingo folgte ihr und hoffte inbrünstig, dass der Fahrer des LKW sie rechtzeitig genug sah, um in dem Schnee noch bremsen zu können.
Wie ein urzeitliches Ungeheuer donnerte der Sattelschlepper auf sie zu. Seine Hupe dröhnte wütend los und Ingo bereitete sich schon darauf vor, Nana notfalls noch aus dem Weg zu zerren. Doch dann kreischten die Bremsen des Lasters und der Auflieger schlingerte mit sanfter Gewalt hin und her, als die blockierten Reifen auf dem Schnee ins Rutschen gerieten.
Wenige Meter vor ihnen kam das riesige Fahrzeug zum Stehen. Sofort rannte Nana zu der Beifahrertür, schwang sich auf das eiserne Trittbrett und zerrte an dem Türgriff herum, ohne dass die Tür aufgegangen wäre. Stattdessen stieß der Trucker seine Tür auf, sprang aus der Kabine heraus und kam auf Ingo zu. In der rechten Hand hielt er einen großen Schraubenschlüssel.
»Was ihr wollen?«, brüllte er mit ausländischem Akzent. »Seid verrückt, oder – eh?«
»Sie müssen uns helfen!«, flehte Nana ihn an und wollte an ihm vorbei zu der offenen Fahrertür. Der Mann gab ihr einen Stoß und sie fiel hin.
»Verdammt, was soll das?«, brüllte Ingo und half ihr schnell wieder

hoch. Sie fuhren beide herum, als hinter ihnen ein Motor aufheulte und der schwarze Mercedes aus der Toreinfahrt des Fabrikgeländes herausschleuderte. Einen Moment lang blieb er stehen, dann beschleunigte er wieder und raste auf sie zu.

»Der Typ will uns umbringen«, schrie Nana den Trucker an. »Verdammt, bitte helfen Sie uns doch!«

Der Mann sah sie an und runzelte die Stirn, als der Mercedes etwa dreißig Meter vor ihnen anhielt. »Gut«, sagte er grimmig und packte seinen Schraubenschlüssel mit beiden Händen. »Ihr warten hier«, befahl er ihnen und marschierte auf den schwarzen Wagen zu.

»Nein!«, brüllte Ingo. »Wir müssen hier weg, verflucht!«

»Komm schon!«, drängte Nana ihn und zerrte ihn zu der Fahrertür. Widerstrebend kletterte er in die Kabine hinauf und rutschte auf den Beifahrersitz. Nana nahm am Steuer Platz und verfolgte mit starrer Miene, wie der bleiche Kerl ausstieg und dem Trucker entgegenging.

Der Trucker sagte etwas und hob drohend sein Werkzeug. Ohne ihn auch nur anzusehen, holte der Kerl kurz aus und rammte ihm seine Faust mit solcher Wucht in den Magen, dass der Fahrer wie vom Blitz getroffen zusammensackte.

»Okay!«, flüsterte Nana und griff nach dem Schaltknüppel. »Dann eben so!«

»Was machst du denn da? Kannst du das überhaupt?«, stieß Ingo hervor, als sie den Motor hochjagte und sich der Laster schlingernd in Bewegung setzte. Ihr Verfolger sah ihnen mit reglosem Gesicht entgegen. Dann rannte er zu seinem Mercedes und glitt hinter das Steuer. Der schwarze Wagen setzte hastig zurück, um dem riesigen Schlepper auszuweichen, doch auf der verschneiten Straße gewann er zu langsam an Tempo.

»Festhalten!«, schrie Nana, als der LKW den schweren Mercedes in

die Seite traf und wie ein Spielzeug vor sich herschob. Einen Moment lang konnte Ingo das totenbleiche Gesicht des Mannes erkennen, der reglos zu ihnen emporsah, ohne etwas tun zu können. Dann wandte dieser sich ab und sah in die Richtung, in die Nana ihn mit dem Laster schob. Jetzt erkannte Ingo erst, was Nana vorhatte, als sie mit immer höherer Geschwindigkeit auf einen anderen, parkenden Lastwagen zurasten.
»Festhalten!«, schrie sie überflüssigerweise noch einmal.

Dann prallten sie gegen den parkenden Laster. Es war ebenfalls ein Sattelschlepper und sie trafen ihn genau in der Mitte. Das Dach des Mercedes wurde sauber abgerissen, als er unter den Auflieger gedrückt wurde wie ein störrischer Karton in den Schlitz des Papiercontainers.
Das Getriebe kreischte protestierend auf, als Nana den Rückwärtsgang einlegte und den Laster zurücksetzte. Eine Minute später donnerten sie wieder die Straße entlang, eingehüllt in eine Wolke aus aufgewirbeltem Schnee.
»Wo willst du denn hin?«, fragte Ingo atemlos, als sie ein paar Kilometer weiter abbremste und in eine Seitenstraße schleuderte.
»Einfach nur verschwinden«, erklärte Nana knapp und brachte den Laster zum Stehen. »Wenn ich nicht völlig falsch liege, sollten wir zusehen, dass wir möglichst weit weg sind, wenn dieser bleiche Mistkerl aus seiner Karre klettert«, fügte sie hinzu und würgte den Motor ab.
»Wenn er da je wieder aussteigt«, gab Ingo zu bedenken und sah sich um. Sie waren im Nordkreuz gelandet, einem heruntergekommenen Viertel, das man nachts normalerweise meiden sollte. »Und warum fahren wir nicht einfach weiter?«
»Weil das hier ein polnischer Laster ist und die Bullen polnische Trucker noch genauer anschauen als einen Typen in Gefängniskle-

dern. Rate mal, wie schnell die uns rausziehen, wenn sie mich am Steuer sehen.«

»Okay«, gab Ingo zu. »Woher kannst du eigentlich Laster fahren?«

»Mein Cousin ist Trucker«, verriet sie und lachte nervös. »Er hat mir letzten Sommer ein paar Fahrstunden gegeben – auf dem Parkplatz natürlich. Und nebenbei: Wenn dieser bleiche Typ es überlebt, dass man ihm ein paar hundert Kugeln in die Brust jagt, dann wird er diesen kleinen Rums auch überstehen.«

»Hm«, machte Ingo und rieb sich das Gesicht. »Was machen wir jetzt?«

»Du bist doch der Magier, oder?«, erinnerte sie ihn verkrampft lachend und rieb sich über das schweißnasse Gesicht. »Aber wenn dir nichts Besseres einfällt, würde ich jetzt zu 'ner Freundin von mir gehen. Da können wir ein paar Tage untertauchen, bis uns was anderes einfällt.«

Mühsam zwang Ingo sich zum Nachdenken. Er war sich nicht ganz sicher, ob sie zu Nanas Freundin gehen sollten. Jetzt, nachdem sie fürs Erste in Sicherheit waren, musste er unbedingt versuchen den Professor zu erreichen. Dazu brauchte er ein paar Sachen aus dem Labor. Andererseits war sein Zuhause mit Sicherheit der Ort, wo Zhafir ihn am ehesten erwartete . . .

➪ **Hier musst du Ingos innere Stimme sein. Wenn du denkst, dass er mit Nana zu ihrer Freundin gehen sollte, lies weiter bei Teil 17 auf Seite 159.**

➪ **Wenn du meinst, dass er nach Hause zurückkehren sollte, lies weiter bei Teil 12 auf Seite 103.**

TEIL 16

Zögernd ging Ingo wieder in das Kaminzimmer zurück. Dieses eine Mal würde er seinem Meister blind vertrauen müssen. Wenn er sich wieder an den Rechner setzte, war es letztlich, als würde er Zhafir mehr Glauben schenken als dem Professor. Und das konnte nur falsch sein.
In ohnmächtigem Entsetzen starrte er den Zeiger der Uhr an. Eine halbe Minute, bevor Angie in das Flugzeug steigen musste, kam ihm endlich eine Idee. Dass Zhafir ihm so genau gesagt hatte, wie er Angie umbringen wollte, konnte für Ingo auch ein Vorteil sein. Er raste zum Telefon und rief den Notruf der Polizei an. Ohne seinen Namen zu nennen, brüllte er den Mann am anderen Ende hastig ins Ohr, dass der Flieger der British Airways um sechs Uhr siebenundvierzig eine Bombe an Bord hätte. Bevor Zhafir sich in das Gespräch einmischen konnte, legte er wieder auf.
Auch wenn er den Start damit bestimmt nicht verhindern konnte, verzögern würde er ihn garantiert. Soweit er wusste, waren die Leute so hysterisch, was Bomben in Flugzeugen anging, dass sie die Maschine sicher noch einmal untersuchen würden. Seine zitternden Finger ruhten noch auf dem Hörer, als ihn ein Geräusch im ersten Stock hochfahren ließ.
Sein Herz raste, während er vorsichtig zu der Treppe schlich und in die Finsternis hinaufspähte. Was hatte Zhafir sich jetzt wieder ausgedacht? Innerlich wappnete er sich dafür, alles zu vernichten, was diese Treppe hinunterkam. Die wohltuende Hitze der Magie füllte seinen Geist, während zwischen seinen Händen der Funke

flackernd zum Leben erwachte. Das winzige Licht erlosch wieder, als er die Stimmen von oben hörte. Mit einem erleichterten Schrei rannte er nach oben.
»Murad! Professor!«

Die zwei Magier kamen ihm aus dem Zimmer mit der Siegelkammer entgegen. Beide sahen unglaublich müde und erschöpft aus, doch ihre Augen brannten vor grimmiger Entschlossenheit.
»Ingo, grüß dich«, sagte Murad und grinste ihn schief an. »Alles klar?«
»Ist etwas seit unserem Gespräch geschehen?«, fragte der Professor ohne Umstände.
»Ich habe bei der Polizei angerufen und gesagt, dass in dem Flieger von Angie eine Bombe ist«, haspelte Ingo schnell herunter. »Aber ich glaube nicht, dass sie das lange aufhalten wird.«
»Diese junge Frau ist in Sicherheit«, erklärte der Professor mit einem unwilligen Kopfschütteln und marschierte die Treppe ins Erdgeschoss hinab. »Bevor wir hierher gereist sind, haben wir dem Flughafen einen schnellen Besuch abgestattet und ein bisschen Verwirrung gestiftet. Die nächsten Stunden über sollte kein Flugzeug starten können.«
»Gott sei Dank!«, rief Ingo in unendlicher Erleichterung. »Dann hätte ich mir diesen Anruf ja sparen können.«
»War trotzdem ’ne gute Idee«, sagte Murad und gähnte. »Himmel, dieses Teleportieren macht einen immer fertig. Vor allem, wenn man noch einen Zwischenstopp einlegt. Habib, hast du was zu essen da?«
»In der Küche«, gab der Professor abwesend zurück. »Aber wir sollten gleich aufbrechen. Ich muss noch kurz ins Labor, dann fahren wir. Ich möchte Zhafir nicht die Zeit geben sich eine neue Bleibe zu suchen.«

»Wo wollen Sie denn hin?«, fragte Ingo verwirrt.
»Zu diesem Hoeffner-Institut natürlich. Was dachtest du denn?«

Während der Alte im Keller verschwand, kramten Ingo und Murad einen kleinen Imbiss aus dem Kühlschrank. Noch bevor sie ihre ersten Bissen heruntergeschluckt hatten, kam der Professor wieder und warf Murad die Schlüssel seines Jaguars zu.
»Wir werden wohl fahren müssen«, erklärte er knapp und der jüngere Magier nickte mit vollem Mund. Für eine weitere Teleportation fehlte ihnen beiden die Kraft.
Kaum hatten sie die Garage betreten, läutete im Haus das Telefon.
»Das ist er«, stellte Ingos Meister grimmig fest. »Er wartet auf dich. Nur wird er eine böse Überraschung erleben, wenn wir zu dritt bei ihm auftauchen.«
Murad gab Gas und der elegante Wagen raste über den verschneiten Weg durch den Garten. Im Licht der Scheinwerfer sahen sie den bleichen Mann immer noch erstarrt vor dem Haupteingang stehen. Sein Kopf und die Schultern waren mittlerweile von einer dicken Schneeschicht bedeckt.
»Habt ihr euch einen neuen Gartenzwerg angeschafft?«, fragte Murad mit zusammengekniffenen Augen und bremste ab. »Was ist das für ein Kerl?«
»Irgendein Diener von Zhafir«, erklärte Ingo. »Keine Ahnung, wer eigentlich.«
»Ein Mathrim«, stellte der Professor bitter fest. »Ein armer Teufel, den Zhafir erst umgebracht und dann zu seinem willenlosen Geschöpf gemacht hat. Sobald sein Meister tot ist, wird auch er Ruhe finden.« Er wandte sich zu Ingo um. »Habt ihr mir auch etwas zu essen mitgebracht?«

Murad raste durch die Stadt, als wollte er einen Rekord aufstellen. Der Jaguar jagte über die völlig leeren Straßen, ließ Schnee und Rollsplitt hinter sich hochspritzen. Nur hier und da wurden sie von Räumfahrzeugen behindert, denen Murad fluchend auswich. Trotz seiner Müdigkeit verfolgte Ingo die Fahrt vom Rücksitz aus mit weit aufgerissenen Augen. Mehr als einmal musste er sich daran hindern, vor Schreck aufzuschreien, wenn Murad den Wagen erst in letzter Sekunde wieder unter Kontrolle brachte.
Trotzdem erinnerte er sich an eine Frage, die ihm jetzt wohl endlich beantwortet werden konnte. »Wer ist Zhafir?«, stieß er hervor. »Was will er von mir?«
»Ein Hexer aus längst vergangenen Tagen«, erklärte der Professor knapp, ohne ihn anzusehen. »Er starb vor etwa dreißig Jahren im Kampf mit unserem alten Meister Jassir.«
»Auf mich wirkte er nicht besonders tot«, bemerkte Ingo zweifelnd.
»Du hast nicht mit ihm persönlich zu tun gehabt. Unser Feind ist zwar Zhafir, aber nicht in Fleisch und Blut. Du und deine Freundin habt Recht gehabt. Als Jassir Zhafir tötete, ahnte er nicht, dass sein alter Feind ein Vermächtnis hinterlassen hatte, das erst jetzt zu einem Problem werden konnte. Zeit seines Lebens hat Zhafir eine Art Tagebuch geführt, aus dem er nun wieder auferstanden ist.«
Einen Moment dachte Ingo darüber nach. »Blödsinn«, kommentierte er schließlich. »Wie soll das funktionieren?«
Der Professor schnaubte wütend, während Murad angesichts dieser Bemerkung lächelte. »Dieses Tagebuch wurde vor wenigen Monaten von zwei indischen Wissenschaftlern gefunden«, erklärte der junge Magier weiter. »Es war in einer uralten und fast völlig vergessenen Schrift verfasst. Um den Sinn der Aufzeichnungen zu enträtseln, gaben die beiden Männer das Ganze in einen Computer ein und ließen ein entsprechendes Entschlüsselungsprogramm da-

rüber laufen. Das Programm tat, wozu es geschrieben worden war: Es setzte die Zeichen zueinander in Beziehung.«

»Wenn ein Mensch seine Gedanken, Träume und Wünsche genau aufzeichnet, ergibt sich für den Leser zuletzt ein sehr lebendiges Bild von ihm«, sprach der Professor weiter, der nun doch nicht mehr stumm zuhören wollte. »Zhafir war von einer solchen geistigen Stärke, dass seine Aufzeichnungen im Computer zu einem neuen Leben wurden, das bis jetzt in den Eingeweiden dieser verfluchten Maschinen existiert.«

Ingo dachte eine Weile darüber nach. »Sie meinen, dass dieses Tagebuch so etwas wie ein Programm war.«

Murad nickte und riss fluchend das Lenkrad nach rechts, als sie auf einer Eisplatte ins Rutschen kamen. »Wie die Aufzeichnung eines Programms, Zeile für Zeile«, sagte er. »Völlig ungefährlich und tot, solange es nur auf dem Papier steht.«

Ingo stöhnte. »Aber diese zwei Inder haben das Programm eingegeben und gestartet«, folgerte er. »Und nun geistert Zhafir als künstliche Intelligenz im Netz herum.«

»Allerdings eine Intelligenz, die über die Gabe der Magie verfügt«, stellte der Professor fest. »Und deswegen müssen wir dieses Wesen vernichten.«

»Aber was will er denn von mir, verflucht?«, rief Ingo wütend.

»Ganz einfach«, sagte Murad grimmig. »Unser Freund hat offensichtlich genug von seinem elektronischen Gefängnis und deshalb suchte er nach einem jungen Menschen, dessen Körper über die Gabe verfügt.«

»Zuerst versuchte Zhafir den Körper unseres alten Meisters in Besitz zu nehmen. Der Versuch scheiterte, auch wenn er Jassir damit fast umbrachte«, erzählte der Professor. »Dann verstand er, dass er in seinem Zustand gegen einen voll ausgebildeten Magier keine Chance hat. Und so erschuf er dieses verdammte Spiel, dem du beinahe zum Opfer gefallen wärst. Mit ihm konnte er auf der ganzen Welt nach einem geeigneten Körper suchen. Wer auch immer dieses Spiel gewinnen würde, er musste die Gabe haben. Da dieses Zeug nur junge Menschen interessiert, konnte er davon ausgehen, dass sein Opfer sich seiner Gabe nicht bewusst wäre.«

»Zu seinem Pech ist er auf dich getroffen«, brummte Murad. »Jeden anderen hätte er wahrscheinlich schnell in der Hand gehabt. Und damit hätten wir es jetzt mit einem Feind zu tun, den wir vielleicht nie mehr hätten besiegen können.« Er musterte Ingo im Rückspiegel. »Sobald er merkte, dass er deinen Körper nicht so leicht haben kann, versuchte er dich mit allen anderen Mitteln in seine Gewalt zu bekommen, die ihm zur Verfügung standen.«

»Als Wesen innerhalb des Computers konnte er Himmel und Hölle gegen dich in Bewegung setzen«, nickte der Professor. »Von den Polizisten bis hin zu diesen Männern in dem Hubschrauber. Aber trotzdem ist er relativ schwach, solange er keinen Körper hat, der ihm seine alten Kräfte zurückgeben kann. Dass er dir den Mathrim auf den Hals gehetzt hat, zeigt, wie sehr er sich eine Rückkehr in unsere Welt wünscht.«

In Ingo brodelte eine ungeheure Wut hoch. Endlich verstand er alles. Dieses blöde Zhafir-Programm hatte es die ganze Zeit über nur auf seinen Körper abgesehen. Um ihn zu bekommen, hatte er irgendeinen armen Kerl getötet und diesen seelenlosen Roboter aus ihm gemacht, hatte er Angie umbringen wollen – und hatte Nana entführt. Zum ersten Mal seit dem Beginn dieses Abenteuers fühlte er wieder etwas anderes als Furcht, Wut und Verwirrung. Jetzt hasste er Zhafir.

Nach wenigen Minuten hatten sie die Stadt hinter sich gelassen und glitten eine Schnellstraße entlang, die nach Unterwerden führte. Ringsherum lagen Äcker, deren Schneedecke im ersten Licht der Morgendämmerung einen düsteren Grauton annahm.
Kurz vor der Ortseinfahrt bremste Murad ab. »Was soll der Mist?«, knurrte er und deutete auf die zwei schwarzen BMWs, die hundert Meter vor ihnen quer auf der Straße standen. Auf beiden Wagendächern blitzten Blaulichter.
»Fahr weiter«, befahl der Professor ruhig und faltete seine Hände im Schoß zum Lotus. »Die Männer sind in Zhafirs Auftrag hier. Wir haben jetzt keine Zeit für solche Mätzchen.«
Murad gab wieder Gas, während der Professor die Augen schloss und das Kinn auf die Brust fallen ließ. Gespannt verfolgte Ingo, wie der Professor seine gefalteten Hände plötzlich auseinander riss. Eine halbe Sekunde später schnellten die beiden Wagen rückwärts von der Straße und bohrten sich krachend links und rechts in den Straßengraben.
Die Polizisten standen da und starrten mit großen Augen ihre demolierten Autos an. Sie schienen kaum zu merken, dass der Jaguar ungehindert an ihnen vorbeischoss.

Das Hoeffner-Institut lag etwas außerhalb von Unterwerden inmitten eines ungenutzten Baugebietes. Einige Bautafeln wiesen mit falscher Begeisterung darauf hin, dass hier demnächst noch mehr der langweiligen Reihenhäuser entstehen sollten. Die ganze Gegend hatte die Lebendigkeit eines Friedhofes. Auch das Institut wirkte nicht besonders fröhlich. Es war ein flacher Kasten aus schwarzem Glas und Stahl, umgeben von einem großen Parkplatz.
»Unauffällig oder schnell?«, fragte Murad den Professor.
»Erst schnell, dann unauffällig«, erwiderte der alte Magier ange-

spannt und Murad brachte den Jaguar direkt vor dem Eingang schleudernd zum Stehen.

Sie sprangen aus dem Auto und eilten auf die große Glastür zu. Zwei Kameras beobachteten sie mit ihren kalten Augen. Die Eingangshalle hinter der Tür wurde von ein paar gedimmten Lampen spärlich beleuchtet.

»Dann wollen wir mal«, brummte der Professor und machte eine Handbewegung. Die Glastür gab ein leises Klicken von sich und schwang auf. »Ingo, du bleibst immer hinter uns, verstanden?«

Einen Moment lang musterte Ingo die Gesichter der beiden Magier. Beide sahen in dem gelblichen Licht so erschöpft aus, dass er Angst bekam, sie könnten jeden Moment umkippen.

Doch ihre dunklen Augen brannten vor Entschlossenheit und er nickte zögerlich.

Auf einem Plan neben den Aufzügen fanden sie heraus, dass die Mainframe des Instituts im Keller stand. Rasch eilten sie die Treppen hinunter. Immer wieder stießen sie auf dicke Stahltüren, deren Magnetschlösser sich mit leisem Klicken für sie öffneten. Zum ersten Mal erkannte Ingo, über welche Macht sein Meister und Murad verfügten. Solange sie gegen übernatürliche Dinge kämpften, kamen ihm ihre Kräfte fast normal vor. Aber hier brachen sie gerade in eine Anlage ein, die ebenso gut gesichert war wie eine große Bank. Und für die beiden war das Ganze nicht schwieriger als ein Gang zum Supermarkt um die Ecke.

Nach drei Minuten erreichten sie eine Tür aus Panzerglas. Dahinter lag ein kreisrunder Raum mit nackten Betonwänden. In der Mitte des Raumes stand ein grauer, hüfthoher Kasten von etwa zwei Metern Kantenlänge. Ein paar grüne und gelbe LEDs blinkten an den Seiten stumm vor sich hin. Neben der Mainframe stand ein stählerner Schreibtisch, auf dem sich lediglich ein Monitor und eine Tastatur befanden.

»Anscheinend sind wir da«, stellte Murad fest und öffnete die Glastür. Kaum klickte das Schloss, als ein durchdringender, nervtötender Summton ertönte. »Und unser Freund weiß es«, fügte er hinzu, während der Monitor knisternd zum Leben erwachte.

»Wo ist Nana?«, fragte Ingo leise. Er hatte erwartet sie hier zu finden.

Doch bis auf den Großrechner war der Raum völlig leer.

»Das werden wir herausfinden«, sagte der Professor knapp, eilte mit langen Schritten zum Schreibtisch und starrte den Monitor an. »So sehen wir uns wieder, Zhafir«, flüsterte er und starrte den Mann in der Säulenhalle an.

»Guten Morgen, Habib«, quakte Zhafirs Stimme verzerrt aus den kleinen Boxen neben dem Bildschirm. »Wie geht es deinem Meister, mein Sohn?«

»Jassir geht es gut«, erklärte Murad heiter und stellte sich neben den Professor. »Du warst zu schwach für ihn. Ein alter Mann hat dich geschlagen.«

»Der kleine Murad«, sagte Zhafir mit verhaltenem Lachen und schlug seine Kapuze zurück. »Das letzte Mal habe ich von dir gehört, als du geboren wurdest. Du bist ein mächtiger Mann geworden.« Er schnippte mit dem Finger und der nervige Summton verstummte. »Wir haben nicht viel Zeit für unser Gespräch«, erklärte er bedauernd. »Ihr habt den Alarm ausgelöst. Gerade fahren einige dutzend Polizisten vor dem Institut vor. Bald werden sie das Gebäude stürmen und euch töten.«

»Dann sage uns schnell, bevor du stirbst, wo das Mädchen ist«, schlug Murad vor.

Zhafir lachte. »Ingos kleine Freundin? Einen Moment.« Er ging zu einer der gewaltigen Säulen und zog ein junges Mädchen dahinter hervor. »Da ist sie.«

Mit einem Wutschrei stürzte Ingo nach vorne und starrte in den Bildschirm hinein. »Nana!«, brüllte er. »Alles okay?«

»Ich bin in Ordnung«, sagte sie tonlos. Ihr schmales Gesicht war verzerrt vor Angst. Von ihrer Schusswunde war nicht mehr das Geringste zu sehen.

»Lass sie frei, du verfluchter Mistkerl!«, brüllte Ingo und schlug mit der Faust auf die Tischplatte.

»Du wolltest nicht mit mir spielen, Ingo«, sagte Zhafir bedauernd. »Und nun hast du diese beiden Clowns mitgebracht, um mich zu töten. Ich kann Nana nicht freilassen. Du musst mit mir spielen, um sie zurückzuholen. Erinnerst du dich noch an den zweiten Spruch?«

»Ingo«, murmelte Murad. »Das ist nicht Nana. Zhafir hat nicht die Macht, um sie zu sich in den Rechner zu ziehen. Der Kerl hat ein Trugbild erschaffen.«

»Ein Irrtum, kleiner Murad«, widersprach Zhafir. »Ingo, frage Nana doch etwas, was nur sie wissen kann. Dann kann sie dir beweisen, dass sie echt ist.«

»Zu welchem Lied haben wir als Erstes getanzt?«, fragte Ingo nach kurzem Überlegen. »Auf dem Fest. Welches Lied?«

»Das weiß ich nicht mehr«, sagte sie ein wenig zu schnell. »Ich habe doch nur auf dich geachtet.«

Es war Ingo sofort klar, dass dieses Wesen neben Zhafir log. Er hatte sich an diesem Abend noch lange mit Nana über genau dieses Lied unterhalten.

»Was ist mit deinem Bein los?«, fragte er langsam. »Die Typen haben dich doch angeschossen.«

»Plötzlich war alles wieder okay«, erklärte sie unbeholfen.

»Äußerst überzeugend«, sagte Murad spöttisch. Über ihnen donnerte etwas und alle fuhren erschrocken zu der Glastür herum.
»Da kommen die Polizisten«, verkündete Zhafir lächelnd. »Bald werdet ihr euch gegen sie wehren müssen. Ich bin gespannt, ob ihr es übers Herz bringt, sie zu töten, um euch selbst zu retten.«
»Erst einmal löschen wir dich, du Mistding«, erklärte Murad und riss eine Abdeckplatte an der Seite des Großrechners ab. »Wenn mich nicht alles täuscht, haben wir da ja die Festplatten«, bemerkte er. »Ingo, kannst du mir mal helfen?«
»Denk daran, ich habe deine Freundin hier bei mir«, warnte Zhafir ihn. »Ich gebe dir noch drei Sekunden, um zu mir zu kommen und sie zu holen.«

Ingo war drauf und dran, sich neben Murad hinzuknien und Zhafir den Garaus zu machen. Doch dann zögerte er. Was, wenn der Hexer Nana tatsächlich in seiner Gewalt hatte? Dann würde er auch Nana vernichten. Er musste sich ganz schnell entscheiden . . .

➪ **Hier musst du Ingo helfen. Wenn du denkst, dass das Mädchen bei Zhafir tatsächlich Nana ist, lies weiter bei Teil 19 auf Seite 175.**

➪ **Wenn du der Meinung bist, dass es ein Trick ist, lies weiter bei Teil 14 auf Seite 127.**

TEIL 17

Ich denke, du hast Recht«, stimmte Ingo Nana nach kurzem Zögern zu. »Es ist wohl das Beste, wenn wir erst einmal irgendwo untertauchen. Wo wohnt deine Freundin denn?«

»Veteranenplatz. Wenn mich nicht alles täuscht, sollte hier in der Nähe sogar 'n Bus in die Richtung gehen. Sind nur zwei Stationen.«

»Okay, dann gehen wir«, nickte Ingo erschöpft und sah auf die finstere Straße hinaus, auf die nun wieder dicke Schneeflocken rieselten. »Am liebsten würde ich hier drin bleiben, bei der Saukälte.«

»Wir können ja mal schauen, ob der Fahrer noch ein paar Klamotten dabeihat«, schlug Nana vor und kroch in die Schlafkoje im hinteren Teil der Fahrerkabine.

Wenige Minuten später wanderten sie eilig durch die dunkle Vorstadt, eingehüllt in die nach Schweiß und Zigaretten stinkenden Klamotten des polnischen Truckers. Es waren sogar noch zwei paar Schuhe zu finden gewesen.

»Und übrigens, du musst mir noch erzählen, was dir eigentlich passiert ist, nachdem du abgehauen bist«, erinnerte Nana ihn, als sie vor dem Wind in das Wartehäuschen an der Bushaltestelle flohen.

Ingo beobachtete sie mit stummer Bewunderung, während er ihr in knappen Worten von seiner Flucht und dem Telefonat berichtete. Tatsächlich hatte er verfluchte Angst vor Zhafir und diesem bleichen Mistkerl. Aber immerhin war es für ihn nichts Neues, dass ihn jemand bedrohte, der nicht so ganz von dieser Welt war. Nana dagegen hatte erst vor einigen Stunden erfahren, dass es Magie tatsächlich gab. Und nun musste sie sich schon mit einem Kerl herumschlagen, der nicht nur jedes Telefon und jeden Computer anzapfen und manipulieren konnte, sondern ihnen neben der Polizei auch noch einen unverwundbaren Zombie auf den Hals hetzte.

Dafür machte sie sich wirklich ziemlich gut. Und außerdem sah sie in den viel zu großen Klamotten des Truckers irgendwie echt süß aus.

»Und du hast nicht die geringste Ahnung, wer dieser Zhafir ist?«, fragte Nana noch einmal nach, als sie nach ein paar Minuten endlich im Bus saßen. Die ganze Zeit über hatten sie sich nervös umgesehen, ob nicht etwa wieder der bleiche Kerl auftauchte. »Ich meine, was will er wirklich von dir?«

»Ich habe nicht die leiseste Ahnung«, seufzte Ingo und wich dem Blick einer fetten, alten Frau aus, die sie beide mit verkniffenem Mund anstarrte und sich über ihr seltsames Outfit aufzuregen schien. »Er will mit mir spielen, hat er gesagt. Aber was er sich davon erhofft, verstehe ich auch nicht.«

Auch Nana bemerkte den Blick der Frau, starrte aber einfach so lange grinsend zurück, bis die Frau schließlich aufgab und stattdessen ein Reklameplakat studierte.

»Wo ist der Mistkerl bloß?«, dachte Nana laut nach. »Warum hetzt er dir diesen bleichen Fiesling auf den Hals statt sich selbst darum zu kümmern? Wäre doch viel einfacher, oder?«

»Schon möglich«, gab Ingo zu. »Wahrscheinlich kann er nicht so schnell herkommen.«

»Woher denn, verdammt?« Sie biss sich auf die Knöchel und sah

dann langsam zu Ingo auf. »Ingo, hast du schon mal darüber nachgedacht, was dieser Zhafir eigentlich ist?«
»Ehrlich gesagt, nein. Wieso?«
Mit vor Eifer gerötetem Gesicht beugte sich Nana vor. »Der Typ kann offensichtlich alles kontrollieren, was mit Computern zusammenhängt. Telefone, die Funkverbindung in dem Bullenwagen und so weiter. Was ist, wenn er dort drin ist? Am Telefon hat er gesagt, dass er immer da ist – überall. Wenn du mich fragst, hört sich das wie so 'ne Art künstliche Intelligenz an, so wie in diesem alten Film da – 2001. Das würde auch dieses verflucht gute Spiel erklären. Herrgott, der Kerl ist im Netz!«
Verblüfft starrte Ingo sie an. Eigentlich war es zu verrückt, aber Nana hatte Recht. Vielleicht gab es diesen Zhafir in Wirklichkeit gar nicht – nicht in dieser Wirklichkeit. Vielleicht existierte er einfach nur im Netz.
»Wenn du Recht hast«, sagte er langsam, »was könnte das für uns heißen? Wie können wir ihn fertig machen?«
»Wie alles andere im Rechner auch«, rief Nana und schlug grimmig auf den kleinen Abfallbehälter neben ihrem Sitz. »Wir löschen ihn.«

Unsicher sah sich Ingo um. Nanas Freundin bewohnte in einem uralten Haus eine Kellerwohnung, zu der man über eine enge, gewundene Treppe hinunterstieg. Nun standen sie vor einer grauen Stahltür und beteten, dass auch jemand da war. Eigentlich hatte Ingo ein Mädchen in Nanas Alter erwartet. Deshalb war er etwas verblüfft, als ihnen schließlich eine Frau von etwa dreißig Jahren öffnete. Ihre hennaroten Haare waren zu dicken Strähnen verwurstelt. Sie trug nur eine Trainingshose und ein schlabberiges T-Shirt.
»Mensch, Nana«, rief die Frau überrascht. »Was machst du hier? Any Problems?«

»Allerdings«, sagte Nana und deutete auf Ingo. »Hi Angie. Das ist Ingo. Können wir reinkommen? Du musst uns helfen.«

Staunend folgte Ingo den beiden durch die völlig verrauchte Wohnung. Wenn Nanas Zimmer ihm schon chaotisch vorgekommen war, so stellte er jetzt fest, dass diese kleine Wohnung Nanas Unordnung weit in den Schatten stellte. Überall standen irgendwelcher asiatischer Nippes, Geschirr, Papiere und dazu anscheinend noch das Gerümpel der letzten drei Bewohner. Nur das Wohnzimmer sah anders aus. Hier herrschte zwar auch völlige Unordnung, aber sie wurde verursacht von einer Unmenge Technik. Bis auf einen Couchtisch, ein altes Sofa und einen Schreibtisch mit Stuhl war der Raum ausschließlich mit Messgeräten, Rechnern, Monitoren und anderem Zeug voll gestellt, das Ingo noch nie gesehen hatte. In der Luft hing dichter Rauch und überall standen randvolle Aschenbecher herum. Dass es kein einziges Fenster gab, machte die Sache nicht besser.

Während Angie in der Küche verschwand, um Tee zu kochen, besprachen Nana und Ingo noch einmal kurz, was sie ihr erzählen wollten. Ingo bestand darauf, dass Angie nichts von ihm und seiner Magie erfuhr. Sie einigten sich darauf, ihr einfach von einem offenbar irren Hacker zu erzählen, der sie verfolgte.

»Und jetzt müssen wir rausfinden, wo dieser Mistkerl eigentlich sitzt«, schloss Nana schließlich den Bericht ab.
»Hört sich eigentlich nicht nach 'nem Cracker an«, brummte Angie und musterte die beiden Gäste über den Rand ihrer Teetasse hinweg. »Wenn ein Cracker in den zentralen Polizeirechner reinkommt, wird er jede Menge Unsinn anstellen – alle Bullen der Stadt zu einem Großeinsatz in die Villa des Bürgermeisters schicken oder

was weiß ich. Aber warum sollte ein gewöhnlicher Cracker ausgerechnet auf euch losgehen?«

»Keine Ahnung«, sagte Nana zögerlich. Es gefiel ihr nicht besonders, ihrer älteren Freundin etwas zu verschweigen. »Jedenfalls haben wir keine Lust mehr uns das gefallen zu lassen. Und deswegen möchten wir ihn fertig machen.«

»Ihn zu finden sollte kein Problem sein«, vermutete Angie schulterzuckend und drehte sich eine Zigarette. »Und dann?«

»Dann werden wir ihn löschen«, erklärte Ingo grimmig. »Sein Spiel, meine ich«, fügte er rasch hinzu.

»Das wird nix«, klärte Angie ihn lachend auf. »Wenn ich gut bin, merkt er nicht, dass ich ihn trace. Aber übers Netz habe ich keine Chance sein Ding zu löschen. Der Kerl muss so gut sein, dass er mich mit einer Hand abwürgt und mit der anderen in der Nase bohrt, während mir die Lüfter um die Ohren fliegen. Nein, wenn ihr das Zeug löschen wollt, müsst ihr schon an den Rechner gehen, auf dem das Ganze wirklich läuft. Und selbst da würde ich einfach die Festplatten zertreten, um wirklich ganz sicher zu gehen.«

Nana und Ingo warfen sich einen Blick zu. »Würdest du denn für uns nachsehen, wo der Kerl sitzt?«, fragte Nana schließlich. »Das wäre ja schon mal ein Anfang.«

»Versuchen kann ich's ja mal«, nickte Angie und drückte die Kippe aus.

»Äh, wir sollten dir vielleicht sagen, dass es gefährlich werden kann«, warnte Ingo. Ihm war nicht ganz wohl bei dem Gedanken, dass dieser bleiche Typ bei dieser Frau auftauchen könnte. »Wenn du dir nicht sicher bist, dass er dich nicht bemerkt, dann solltest du das Ganze lieber lassen.«

»Sie werrrden mich niemals krriegen«, grollte Angie dumpf und lachte dann. »Selbst wenn – ich kann notfalls schon irgendwo untertauchen. So, dann gebt mir mal die Adresse von diesem strangen Game.«

Obwohl er sich einiges darauf einbildete, dass er sich mit Rechnern auskannte, stand Ingo ratlos hinter Angie und starrte auf den Bildschirm. Befehlszeilen ratterten über den Monitor, die ihm überhaupt nichts sagten, während Angies Finger über die Tastatur glitten.

»In Ordnung, da haben wir den Hundesohn«, murmelte sie. »So, Kleiner, und jetzt schauen wir mal, wo du sitzt.« Sie wandte sich grinsend zu Nana um. »Ich habe kürzlich was Neues geschrieben, 'n neues Tarnsystem. Bevor der mich findet, muss er sich erst mal durch sechs verschiedene Sicherheitsebenen hacken. Und bis dahin bin ich auf und . . .«

Ein Warnton piepte und Angie fuhr wieder zum Monitor herum.

»Was zur Hölle . . .«, stieß sie aus, als sich der Bildschirm plötzlich mit neuen Zeichen füllte. Ihre Befehlszeilen verschwanden und wurden durch einen zuerst ungeordneten Haufen von Zeichen ersetzt. Dann formierten sich die Buchstaben zu einer Art Grafik, das grob gezeichnete Bild eines Mannes.

»Um Gottes willen«, flüsterte Nana und fasste nach Ingos Hand, der wie hypnotisiert das Gesicht aus Buchstaben anstarrte. Sie konnten nicht übersehen, dass nur die Buchstaben A, F, H, I, R und Z verwendet wurden. Trotz der groben Zeichnungsweise war das Gesicht deutlich zu erkennen. Es war Zhafir.

»Was passiert hier?«, schrie Angie wütend und hämmerte weiter auf die Tastatur ein. Das Bild verschwand wieder und wich ihren Befehlen. »Der Kerl hat mich gefunden, verflucht! Das glaube ich einfach nicht!«

»Schalte das Ding aus, schnell!«, rief Nana. In diesem Moment blitzte etwas im Gehäuse des Rechners, grauer Qualm stieg daraus auf und der Monitor wurde schwarz.
»Hat sich erledigt, denke ich«, schnaubte Angie. »Das Ding ist am Ende.«
»Noch nicht ganz«, widersprach Nana und deutete auf den Monitor, auf dem Buchstabe für Buchstabe einige einsame Worte aufblinkten.

INGO SPIEL MIT MIR

Ein Keuchen entfuhr allen dreien, als die Worte wieder verschwanden und stattdessen wieder die normale Eingabeaufforderung auftauchte.
»Okay«, stellte Nana in gezwungener Ruhe fest. »Wir müssen hier weg, aber schnell.«
»Moment«, sagte Angie geistesabwesend und fing an einige Befehle einzutippen. »Verflucht, der Kerl hat meine Festplatte völlig demoliert. Und ich hatte ihn schon!«
»Du weißt, wo er ist?«
»Sicher bin ich mir nicht, aber ich glaube, ich habe die Information – irgendwo in diesem verschmorten Schrotthaufen. Der Kerl muss hier in der Stadt sein, das ist mal sicher. Wenn ihr mir eine halbe Stunde gebt, finde ich es noch genauer heraus, denke ich.«
»Keine Chance«, erklärte Nana heftig. »Angie, bitte glaube mir, dass der Kerl verflucht gefährlich ist. Er hat uns einen Typ auf den Hals gehetzt, der echt keinen Spaß versteht.«
Angie antwortete, ohne von dem Bildschirm aufzusehen oder auch nur das Tippen zu unterbrechen. »Ich kann ihn jetzt finden, oder nie mehr. Es ist eure Entscheidung. Ich kann schon auf mich

aufpassen.« Sie stieß ein wütendes Schnauben aus, als sich eine neue Botschaft zwischen ihre Befehle schob. »Dieser Hundesohn.«

INGO BLEIB WO DU BIST ICH WILL DIR NICHTS TUN MEIN DIENER IST AUF DEM WEG ZU DIR BLEIB WO DU BIST ODER IHR ALLE DREI WERDET ES BEREUEN

»Ingo, ich würde jetzt gerne gehen«, erklärte Nana gezwungen ruhig. »Und Angie, ich rate dir noch einmal: Hau sofort ab!«
Ihre Freundin schüttelte nur knapp den Kopf und Ingo hätte am liebsten geschrien vor ohnmächtiger Wut. Er sah den bleichen Mistkerl geradezu vor sich, wie er in diesem Moment durch die finsteren Straßen lief und ihnen immer näher kam. Was sollte er nur tun? Aufhalten konnte er den Mann mit den toten Augen nicht, das war klar. Andererseits musste er unbedingt erfahren, wo der Rechner stand, in dem sich Zhafir aufhielt – wenn er jemals etwas gegen ihn ausrichten wollte . . .

➪ **Hier musst du Ingos innere Stimme sein. Wenn du denkst, dass er und Nana schnell fliehen sollten, lies weiter bei Teil 13 auf Seite 113.**

➪ **Wenn du der Meinung bist, dass er noch abwarten sollte, bis Angie ihnen sagen kann, wo sie Zhafir finden, lies weiter bei Teil 11 auf Seite 95.**

TEIL 18

Nein«, flüsterte Ingo für sich selbst und marschierte mit steifen Schritten die Treppe hinauf. Er konnte nicht zulassen, dass Zhafir Angie tötete, bloß damit er selbst nicht in Gefahr geriet.

Seine Nackenhaare richteten sich auf, als er in sein Zimmer trat. Der Bildschirm schien ihn anzustarren wie ein riesiges, totes Auge. Mit zitternden Händen steckte Ingo den Rechner wieder ein. Ohne dass er ihn angeschaltet hätte, fing der Lüfter an zu summen und auf dem Monitor breitete sich von selbst das Bild der Säulenhalle aus.

Kaum hatte er sich langsam in den Schreibtischstuhl sinken lassen, tauchte Zhafir auch schon aus dem Schatten auf und schlug seine Kapuze zurück.

»Ich freue mich, dass du so vernünftig bist, Ingo«, sagte er. »Ich möchte dir zeigen, wie weise deine Entscheidung war.« Sein faltiges Gesicht verzog sich zu einem spöttischen Lächeln, als er mit einer kleinen Verbeugung jemanden hinter der Säule hervorwinkte. Ingos Kehle schnürte sich zusammen, als Nana aus dem Schatten trat und ihn mit vor Angst geweiteten Augen anstarrte. Von der Verletzung an ihrem Bein war nichts mehr zu sehen.

»Wie du siehst«, fuhr Zhafir fort, »waren die Polizisten so freundlich mir deine Freundin zu übergeben. Ich werde sie wieder in deine Welt zurückschicken, sobald du weitergespielt hast.«

»Ingo, mach keinen Scheiß!«, schrie Nana plötzlich. »Der Typ ist völlig irre und hier hast du keine Chance gegen ihn.«

»Sei still!«, fuhr Zhafir sie an und schnippte mit dem Finger. Von

einem Augenblick zum nächsten löste sich Nana in Luft auf. »Das wäre geklärt«, knurrte der Hexer und wandte sich wieder Ingo zu.
»Was muss ich tun?«, flüsterte Ingo nur.
»Weißt du die zweite Formel noch?«, fragte Zhafir lächelnd. »Oder soll ich sie dir noch einmal sagen?«
»Nein«, hauchte Ingo, denn auf einmal merkte er, dass sich die Silben des zweiten Spruchs in seinem Hirn eingebrannt hatten. Er konnte ihn mühelos aufsagen, obwohl er ihn erst einmal gehört hatte. »Okay«, sagte er und schloss die Augen, als seine Lippen die fremdartigen Worte formten.

Kaum hatte er die letzte Silbe ausgesprochen, versank alles um ihn herum in Schwärze. Millionen von winzigen Lichtpunkten flammten vor seinen Augen auf und verblassten wieder. Ihm wurde schwindelig, als er kopfüber durch die Finsternis raste. Ein stummer Schrei entfuhr ihm. Dann schlug er hart auf einem kalten Steinboden auf.
»Willkommen in meinem Reich«, tönte Zhafirs Stimme an sein Ohr. »Du kannst dir nicht vorstellen, wie lange ich auf diesen Moment gewartet habe, Ingo.«
Stöhnend setzte er sich auf und sah zu dem alten Mann empor, der wohlwollend auf ihn herabblickte. »Wo ist Nana?«, keuchte er. »Was haben Sie mit ihr gemacht?«
»Unwichtig«, sagte Zhafir und beugte sich zu ihm vor, die knöcherne Hand nach seiner Stirn ausgestreckt. Auf allen vieren wich Ingo hastig vor ihm zurück. »Du kannst mir nicht mehr entkommen, mein Junge«, erklärte Zhafir lächelnd. »Du hast dich auf mein Spiel eingelassen und nun gehörst du mir.«
Unsicher stand Ingo auf und wich noch ein paar Schritte zurück. »Was ist mit Angie?«, stieß er wütend hervor. »Sie haben versprochen sie in Ruhe zu lassen.«

»Ich werde nichts unternehmen, um sie zu töten«, gab Zhafir gleichgültig zurück, während er hinter Ingo herging. »Und nun bleibe gefälligst stehen!«

»Moment noch!«, rief Ingo und floh wieder ein Stück weiter. »Sie müssen Nana freilassen!«

»Du stellst mir ein paar Forderungen zu viel, Junge«, bemerkte Zhafir grimmig. »Du wirst lernen müssen, dass dir das nicht zusteht.« Er schnippte wieder mit dem Finger und auf einmal schienen Ingos Füße am Boden festzukleben. Fast wäre er gestürzt, als sein Oberkörper sich weiterbewegte, ohne dass die Füße mitkamen. »Na bitte«, stellte Zhafir zufrieden fest. »Schluss mit den albernen Spielchen.«

»Ganz richtig, Zhafir«, ertönte hinter ihm eine durchdringende Stimme. Ingo wäre fast in Ohnmacht gefallen vor Erleichterung. Das war Murad. Mit einem erstaunten Schrei fuhr Zhafir herum und starrte den jungen Magier an, der hinter einer Säule hervortrat. »Schluss mit den Spielen. Genug ist genug«, schloss Murad und warf Ingo einen Seitenblick zu. »Ingo, ist alles in Ordnung mit dir?«

»Ja, ich bin okay«, erklärte Ingo schwach. Er war noch nie so glücklich gewesen.

»Wenn das nicht der kleine Murad ist«, rief Zhafir in gespielter Fröhlichkeit. »Wie geht es deinem Meister?«

»Jassir geht es gut«, antwortete Murad. »Du konntest ihn nicht besiegen. Selbst dieser alte Mann war stärker als du, du billige Fälschung eines Magiers.«

»Verschwende keine Beleidigungen an mich«, kicherte Zhafir. »Als ich das letzte Mal von dir hörte, warst du gerade geboren. Scheinbar bist du ein mächtiger Mann geworden.«

»Mächtig genug für dich«, stimmte der junge Magier zu und machte eine Handbewegung in Richtung von Ingos Füßen.

Irgendwie hatte Ingo erwartet, dass sich seine Füße sofort wieder bewegen ließen. Tatsächlich aber hingen sie immer noch am Boden fest. Er warf Murad einen fragenden Blick zu.

»Mächtig genug, hm?«, wiederholte Zhafir spöttisch. »Ich fürchte, du irrst dich.«

Murads Gesicht verkrampfte sich, als seine Lippen sich lautlos bewegten. Dann warf er Ingo einen knappen Blick zu, doch dessen Füße rührten sich immer noch nicht vom Fleck.

»Wie du willst«, knurrte der Magier und schloss die Augen. Zwischen seinen Händen glomm ein winziger Funke auf, der sofort wieder erlosch.

»Du verstehst es nicht, mein Freund«, stellte Zhafir lachend fest. »Das ist mein Spiel. Du hast hier keine Macht.«

»Tatsächlich?«, fragte Murad mit einem Lächeln, das selbst Ingo gezwungen vorkam. »Dann muss ich mich wohl ergeben.«

Im selben Augenblick fuhr seine Hand unter seine Jacke. Mit einer geschmeidigen Bewegung zog er ein kleines Messer darunter hervor und ließ es durch die Luft schnellen. Die Klinge bohrte sich in Zhafirs Brust und der alte Hexer taumelte einen Schritt nach hinten.

Plötzlich löste sich der Griff, der Ingos Füße an den Boden fesselte, und er stürzte hin.

»Habib!«, brüllte Murad und wie aus dem Nichts erschien der Professor neben ihm. Ohne zu zögern, stürzte der alte Magier zu Ingo hin und packte ihn an den Schultern. Irgendwie erriet Ingo, was er vorhatte.

»Nein!«, schrie er. »Nana – wir müssen . . .«

Blendende Helligkeit umfing ihn und ihm wurde furchtbar schwindelig. Einen Augenblick später lag er in seinem Zimmer auf dem

Boden und musste gegen einen ekeligen Brechreiz ankämpfen. Der Professor kniete neben ihm, das Gesicht in den Händen verborgen.
»Oh Gott!«, stöhnte Ingo, rappelte sich auf und stürzte zum Schreibtisch. Der Bildschirm verschwamm vor seinen Augen, aber er konnte dennoch sehen, wie Zhafir sich das Messer aus der Brust zog und die blutige Klinge ungläubig anstarrte. Dann fiel sie aus seinen kraftlosen Fingern und prallte klirrend auf den Boden.
»Murad«, schrie der Professor, der sich gerade neben Ingo aufrichtete. »Schnell! Komm zurück! Du musst . . .!«
In diesem Augenblick leuchteten Zhafirs Augen grün auf. Ein Blitz schoss aus ihnen hervor und traf Murad gegen die Brust. Der junge Magier wurde mehrere Schritt weit nach hinten geschleudert und blieb reglos am Boden liegen.
»Ihr habt gewonnen«, flüsterte Zhafir und starrte Ingo und den Professor hasserfüllt an. »Aber der Preis war hoch, bei allen Teufeln. Wir sehen uns in der Hölle!«
Er sackte zusammen und im nächsten Moment explodierte die Säulenhalle in Millionen von Pixeln. Einige Sekunden lang tanzten sie wie ein bunter Schneesturm auf dem Bildschirm, bevor dieser sich mit undurchdringlicher Schwärze füllte.

»Oh Gott«, flüsterte Ingo und ließ sich in seinen Stuhl fallen. Ihm war entsetzlich schlecht und diesmal nicht wegen des Schwindelgefühls.
»Vergib mir, Bruder«, murmelte sein Meister neben ihm und setzte sich langsam aufs Bett. »Ich hätte an deiner Stelle gehen sollen.«
»Was ist mit Nana?«, fragte Ingo, ohne den Blick von dem dunklen Bildschirm zu wenden.
»Deine Freundin?«, fragte der Professor mit brüchiger Stimme. »Was soll mit ihr sein? Ich dachte, die Polizei hätte sie gefangen.«

»Aber sie haben sie Zhafir ausgeliefert«, erwiderte Ingo und seine Augen füllten sich mit Tränen. »Sie war bei ihm, bevor ich gekommen bin. Er hat sie irgendwie verschwinden lassen, aber sie war bei ihm.«

»Wenn du Recht hast, dann ist sie jetzt nicht mehr am Leben«, flüsterte der Professor. »Es tut mir Leid. Das wussten wir nicht. Wir haben nur gesehen, dass – dass du dort warst, und Murad wollte dich retten. Er hat darauf bestanden, dass er Zhafir ablenkt, während ich dich zurückhole. Wenn wir gewusst hätten, dass . . .«

Die Stimme des alten Magiers versagte und Ingo vergrub das tränenüberströmte Gesicht in den Händen. Eine Weile schwiegen beide.

Schließlich stand der Professor auf und legte Ingo die Hände auf die Schultern. Offensichtlich wollte er noch etwas Tröstendes zu Ingo sagen, aber ihm schienen die Worte zu fehlen. Ingo konnte das Zittern seiner Hände deutlich spüren.

Nach einigen Sekunden räusperte der Professor sich und trat zur Tür. »Ich werde uns beiden einen Tee machen«, sagte er und ging langsam die Treppe hinunter. Seine Schritte klangen müde und alt.

Eine Weile versuchte Ingo sich einzureden, dass Nana und Murad schon wieder auftauchen würden. Aber er glaubte nicht eine Sekunde daran und gab es schließlich auf. Nana hatte ihm vertraut. Und er hatte ihr nicht helfen können. Immer wieder stand ihm das Bild vor Augen, wie sie blutend im Schnee lag und ihn fortschickte, damit er Hilfe holen konnte, was er ja auch getan hatte – nur dass gerade diese Hilfe ihr zum Verhängnis geworden war.

Er hatte keine Ahnung, wie lange er an seinem Schreibtisch gesessen hatte, als sein Meister hereinkam und ihm sagte, dass der Tee fertig

wäre. Wortlos nickte er und stand auf, um dem Professor nach unten zu folgen. In der Tür blieb er stehen, drehte noch einmal um und steckte den Rechner aus.
Ingo war sich sicher, dass er in seiner Klasse jemanden fand, der das Ding geschenkt haben wollte.

➪ **Du hast nun eines der möglichen Enden dieser Geschichte erreicht. Wenn du dir ein anderes suchen willst, lies weiter bei Teil 16 auf Seite 147.**

TEIL 19

Nein«, flüsterte Ingo für sich und starrte Nana in die Augen. »Das ist kein Trick. Sie hat gelogen. Um mich zu schützen.«

In Nanas Gesicht zeichnete sich ihr Entsetzen ab, als sie erkannte, was er vorhatte. »Ingo, nein!«, rief sie. »Er ist zu mächtig hier drin. Bleib, wo du bist, und mach ihn fertig, verdammt!«

Doch noch bevor der Professor oder Murad etwas dagegen unternehmen konnten, hatte Ingo die Silben des zweiten Spruchs aufgesagt. Es war schon lange her, dass Zhafir sie ihm verraten hatte, doch seine Zunge formte den Spruch, als hätte er ihn schon oft benutzt.

»Nicht!«, hallte die Stimme des Professors in seinem Kopf wider, während um ihn herum alles in Schwärze versank. Millionen von winzigen Lichtern flammten vor seinen Augen auf, als er in das Universum jenseits des Bildschirms geschleudert wurde.

Eine Sekunde später schon wälzte er sich benommen über den eisigen Steinboden. Neben ihm stand eines der gewaltigen Feuerbecken, die die Säulenhalle in ihr flackerndes Licht tauchten. Würgend rappelte er sich hoch und sah sich um.

»Willkommen in meinem Reich«, begrüßte Zhafir ihn. Zu Ingos Erstaunen war der Hexer kleiner als er selbst. Irgendwie hatte er erwartet, dass der alte Mann ihn überragte. Tatsächlich aber reichte er ihm gerade einmal bis zum Kinn. Dennoch umgab den Hexer eine Aura der Macht, die Ingo zurückweichen ließ.

»Ich habe dir doch gesagt, du solltest da draußen bleiben«, schnaubte Nana und fiel ihm um den Hals. Ingo drückte sie fest an sich, glücklich über die Wärme, die sie ausstrahlte, und rieb seine Wange an ihrem Stoppelkopf.

»Ist Liebe nicht etwas Wundervolles?«, rief Zhafir lachend. »Aus ihr wird der einzige Strick geflochten, an dem sich die Menschen von jeher voller Freude aufknüpfen.«

»Ingo!«, donnerte die Stimme des Professors durch die Halle. »Schnapp dir das Mädchen und komm dort heraus! Wir helfen dir!«

»Zu spät«, erklärte Zhafir zufrieden und schnippte mit den Fingern. Ein Ruck erschütterte die Halle, deren Mauern sich plötzlich in abermillionen von Lichtpunkten auflösten und davonstiebten. Sie standen inmitten eines Lichterstrudels, der sich mit rasender Geschwindigkeit durch eine gleißend helle Ewigkeit bewegte.

»Was ist denn jetzt los?«, schrie Nana.

»Nein!«, brüllte der Professor. »Zhafir! Wenn du dem Jungen etwas antust . . .« Seine Stimme wurde plötzlich von einem statischen Rauschen verdrängt.

»Wir sind auf dem Weg«, rief Zhafir und breitete triumphierend die Arme aus. »Jetzt gibt es keinen Grund mehr, in diesem lächerlichen Institut zu bleiben.« Er musterte mit leuchtenden Augen den dahinfliegenden Lichterstrudel, in dessen Zentrum sie standen. »Ihr alle habt übersehen, dass es für mich keine Grenzen gibt. Wir rasen rund um die Erde, sind Licht und Feuer in Kupferkabeln und Funksignalen. Dein Meister steht jetzt vor einer leeren und toten Maschine und weiß vermutlich noch gar nicht, dass ich ihm endgültig entkommen bin.«

Ingo hätte schreien können vor Wut über seine Dummheit. Selbst er war nicht auf die Idee gekommen, dass Zhafir durch das Netz jederzeit überallhin gehen konnte. Sie hätten alle Leitungen des Instituts kappen müssen, bevor sie ihn stellten. Doch mit einem

Kopfschütteln schob er den Gedanken beiseite. Dieser Fehler war nun nicht mehr gutzumachen.

»Lassen Sie Nana frei«, forderte er und wehrte sich gegen das Schwindelgefühl, das der Funkenstrudel bei ihm auslöste. »Dann reden wir über uns.«

»Das kann ich nicht tun«, erklärte Zhafir kopfschüttelnd. »Wenn ich endlich deinen Körper besitze, werde ich eine Gefährtin brauchen, die mir zu Diensten ist. Ich bin sicher, dass Nana mich in deinem Körper zu lieben lernt.«

»Der Typ ist ein Widerling«, stellte Nana trocken fest. »Ingo, mach doch was.«

»Ich bin für Vorschläge offen«, brummte Ingo.

»Bringe uns hier raus. Würde mir fürs Erste reichen.«

In diesem Moment verdichtete sich die Funkenwolke mit einem Ruck wieder zu der Säulenhalle.

»Da sind wir«, verkündete Zhafir zufrieden. »Und nun zu uns.«

Er ging auf Ingo und Nana zu. Auf eine Handbewegung von ihm hin wurde Nana von unsichtbaren Händen in die Luft gehoben und quer durch die Halle geschleudert. An der Stirnseite blieb sie in mehreren Metern Höhe an der Wand kleben.

»Ingo, komm her«, flüsterte Zhafir mit verzerrtem Gesicht und streckte die Hände nach ihm aus. »Du wirst nicht sterben, hab keine Angst. Dein Geist wird mit dem meinen verschmelzen. Du wirst Dinge sehen und wissen, von denen du nicht zu träumen wagtest. Wir werden ein Gott sein.«

»Nein!«, brüllte Ingo wütend. Mit aller Kraft hieb er im Geiste nach dem alten Mann. Doch was in der Wirklichkeit jeden Menschen einige Meter nach hinten geschleudert hätte, bewirkte hier rein gar nichts.

»Deine Macht hilft dir hier nichts«, erklärte Zhafir, der den Versuch bemerkt hatte. »Das hier ist mein Spiel.«

Bebend wich Ingo vor dem alten Mann zurück und dachte verzweifelt darüber nach, was er nun tun sollte. Dieses Wesen war nicht aus Fleisch und Blut, es war nicht einmal ein Geist – es war einfach nur ein Programm . . .
»Bleib stehen!«, schnaubte Zhafir und Ingos Füße rührten sich nicht mehr. »Die Zeit ist gekommen.«
Ein Programm, das Abbild eines längst verstorbenen Hexers, einfach nur die Simulation eines Menschen in seiner Simulation der Wirklichkeit . . .
»Mein Spiel war zu schwierig für dich«, sagte Zhafir sanft und schloss die Augen. Er nahm Ingos Kopf zwischen seine Hände und konzentrierte sich.
Dann endlich kam Ingo die Idee. Es war Zhafirs Spiel! Auch Ingo hatte hier Macht. Diese Wirklichkeit bestand aus Gedanken. In einer Welt, die nur vom Geist bestimmt wurde, gab es keine vorherbestimmten Regeln. Sie war alles, was man wollte, und hier konnte er alles, was er wollte. Es gab keine Hindernisse, außer denjenigen, die er sich selbst machte – oder machen ließ. Er durfte sich nur nicht an Zhafirs Regeln halten! Er musste einfach sein eigenes Spiel daraus machen. Er durfte nicht denken wie ein Magier, er musste denken wie ein Kämpfer in einem Game!
»Okay!«, flüsterte er. »Lass uns spielen!«

Sein Blick wanderte zu seinen Händen hinunter, in denen er plötzlich einen Plasmawerfer hielt. Es klappte! Er hatte den Weg gefunden seine Kräfte so zu verwenden, dass es zu dem Spiel passte. Das Einzige, was er tun musste, war an sich zu glauben. Der Plasmawerfer bestand nur aus einer Idee, aus Gedanken. Doch hier wurde die Idee zu kaltem Metall, zu einem unförmigen Ding, das er nun auf Zhafir richtete.

Der Hexer riss die Augen auf, sobald das durchdringende Pfeifen ertönte, mit dem sich die Waffe auflud.
»Was soll . . .?«, brachte er noch heraus, bevor Ingo den Abzug drückte.
Der Blitz tauchte die Halle in gleißendes Licht und der Donner rollte noch mehrere Sekunden lang unter dem Gewölbe umher. Der Hexer wurde von einer Wolke aus blauen Funken umfangen, in der sich seine schmerzverkrümmte Gestalt einen schrecklichen Augenblick lang als Schemen abzeichnete. Der grauenvolle Anblick brannte sich in Ingos Netzhaut ein, bevor er sich abwandte.
Völlig geblendet ließ er die Waffe fallen und rieb sich die schmerzenden Augen. Sobald er sich wieder erholt hatte, sah er sich nach seinem Feind um. Zhafir war restlos verschwunden.

Mit wackeligen Beinen lief er die Halle hinunter auf Nana zu. Ein paar Schritte trennten ihn noch von der Mauer, an der sie klebte, als sich plötzlich der unsichtbare Griff um sie löste und sie mit einem Schrei zu Boden stürzte.
»Nana, ist alles okay?«, stieß Ingo hervor, als er sie vorsichtig auf den Rücken drehte. Sie öffnete die Augen und sah blinzelnd zu ihm hoch.
»Es geht schon«, stöhnte sie. »Nichts gebrochen, denke ich. Was zur Hölle ist hier los?«
Ingo folgte ihrem Blick. Der Saal um sie herum löste sich auf. Die Mauern zerbröselten zu Funken, die wie von einem geräuschlosen Sturm davongeweht wurden. Nach wenigen Sekunden umschlang sie ein weißes Nichts, das keinen Anfang und kein Ende zu haben schien.
»Ich vermute, Zhafir ist tot«, sagte Nana und rieb sich den Hinterkopf. »Und das hier ist ein dummes Irgendwo im Nirgendwo, ja?«

»Sieht so aus«, stimmte Ingo ihr zu und lachte. »Vermutlich blockieren wir gerade eine Satellitenverbindung oder so.«
Sie musste grinsen. »Cool. Und wie kommen wir heim?«
Ingo war nicht gerade ein Spezialist, wenn es darum ging, Mädchen zu beeindrucken. Aber dieses eine Mal klappte es hervorragend, als er in das weiße Nichts griff und plötzlich einen Türknauf in der Hand hatte.
»Nehmen wir doch einfach den Ausgang«, schlug er vor und zog die Tür auf. Er wusste, dass sie ihn überallhin führen konnte, wohin er auch immer wollte. »Es ist schließlich mein Spiel«, fügte er grinsend hinzu, als Nana ihn entgeistert anstarrte.

Der Professor und Murad waren rechtzeitig aus dem Institut verschwunden, bevor die Polizisten den Keller gestürmt hatten. Mit der Hilfe von etwas Magie konnte sich wenige Minuten später keiner der Beamten mehr daran erinnern, dass zwei Männer aus dem Institut gekommen waren, die dort nichts zu suchen gehabt hatten. Auch die Straßenkontrollen bemerkten den Jaguar nicht, der bei Sonnenaufgang wie ein Schatten mit überhöhter Geschwindigkeit in Richtung Innenstadt raste.
Die beiden Magier wechselten kein Wort, während sie durch die Stadt rauschten. Sie waren sich sicher, dass sie nicht nur den Kampf gegen Zhafir verloren hatten, sondern auch noch ihren jungen Zögling Ingo und dessen Freundin Nana. Beide machten sich schwerste Vorwürfe wegen ihrer Fehler.
Erst als der Jaguar vor der Villa des Professors zum Stehen kam und sie sich der Treppe näherten, wurden sie aus ihren düsteren Gedanken gerissen.
Murad fand als Erster seine Sprache wieder. »Habib?«, sagte er langsam und deutete auf den schwarzen Staubhaufen im Schnee,

der die Stelle bezeichnete, wo der bleiche Mann erstarrt war. »Was hast du vorhin über den Mathrim gesagt? Wann wird er seine Ruhe finden?«

»Mein Vater hat mittlerweile die Rechtsanwälte der halben Stadt angeheuert«, erzählte Nana lachend und stopfte sich noch eine Hand voll Chips in den Mund. »Für diese nächtliche Entführung wird die Stadt ordentlich blechen müssen, schätze ich.«
»Der Polizeipräsident ist wegen der Sache zurückgetreten«, brummte der Professor missmutig. »Der arme Kerl tut mir Leid. Er muss seinen Posten räumen, nur weil ein verrückter Hexer die Polizei für seine wahnsinnigen Pläne missbraucht hat.«
»Moment mal«, protestierte Murad und schenkte sein Weinglas voll. »Die Kerle haben einfach stur Befehle befolgt, an deren Echtheit sie sogar gezweifelt haben. Und dann dieser Irrsinn mit dem Hubschrauber! Ich finde es ganz in Ordnung, wenn man das nicht unter den Tisch fallen lässt.«
»Mag sein«, gab der Professor zu. »In jedem Fall ist die Sache gut ausgegangen, nachdem nun auch Zhafirs Vermächtnis vernichtet ist.«
»Allerdings«, stimmte Ingo zu. »Was ist eigentlich mit diesem Buch, mit dem der ganze Ärger angefangen hat?«
»Jassir hat sich darum gekümmert. Es ist mittlerweile in Rauch aufgegangen.«
»Na dann«, gähnte Nana und streckte sich. Ingo grinste, als er den missbilligenden Blick des Professors auf ihre Tattoos bemerkte. »Gehen wir?«, fragte sie ihn.
»Okay«, sagte Ingo und sie standen auf.
»Wo wollt ihr denn noch hin?«, fragte der alte Magier verblüfft. »Es ist fast neun. Und Murad fährt noch heute Abend.«

»Zu einer Party«, erklärte Ingo verlegen und schlüpfte in seine Jacke. »Tut mir Leid, Murad. Wir sehen uns?«

»Bald«, versprach der junge Mann lächelnd. »Viel Spaß euch beiden.«

Nana umarmte Ingo und grinste Murad über Ingos Schulter hinweg an. »Den werden wir haben«, sagte sie grinsend.

⇨ **Ende**

AN DIE LESER VON »DAS SPIEL DES HEXERS«

Die meisten von euch werden vermutlich wesentlich früher als ich mit einem Computer zu tun gehabt haben. Ich selber hatte meinen ersten Rechner mit siebzehn und die Kiste war damals schon zehn Jahre hinterher. Vielleicht geht es dir deswegen auch anders, aber mir zumindest sind die Dinger immer noch ein bisschen unheimlich, da ich keine Ahnung habe, was eigentlich in den Kästen passiert.

Vor einigen Monaten bin ich mal nachts nach Hause gekommen, habe mich auf den Schreibtisch gesetzt – und plötzlich ging das Ding an und aus den Boxen donnerte ein grauenhaftes Lachen ... Natürlich gab es eine ganz normale Erklärung: Ich hatte einfach vergessen den Rechner auszumachen, und als ich mich hinsetzte, habe ich mit dem Hintern einen Mausknopf gedrückt – und das wiederum hat ein Spiel gestartet. Damals kam mir die Idee zu diesem Buch.

Eine Idee alleine reicht allerdings nicht, um ein Buch entstehen zu lassen, man muss auch wirklich Lust haben es zu schreiben. Und ich hatte große Lust, weil das letzte Abenteuer von Ingo einer Freundin von mir so gut gefallen hat, auf deren Urteil ich sehr großen Wert lege. Du kannst dir vielleicht schon denken, dass der Name dieser Freundin Nana ist.

Ich kenne Nana nun schon, seit sie an meine alte Schule gekommen ist. In den vielen Jahren seitdem habe ich sie sehr lieb gewonnen, und da sie ein Mensch ist, wie es ihn bestimmt nicht noch einmal gibt, wollte ich sie mal mit Ingo bekannt machen – meiner Meinung nach passen die beiden in ihrer Einzigartigkeit gut zusammen.

Es würde mich sehr freuen, wenn du mir schreiben würdest, ob du der gleichen Meinung bist. Du kannst deinen Brief an folgende Adresse schicken:

Arena Verlag
Stichwort: »Grusel & Co – Der Club«
Postfach 51 69
97001 Würzburg

Vergiss deinen Namen und deine Anschrift nicht und lege bitte eine Briefmarke dazu. Ich freue mich darauf, dir zurückzuschreiben. Bis bald!

Grusel & Co
DER CLUB

»WER MUT HAT, IST WILLKOMMEN«

Möchtest du auch Mitglied bei Grusel & Co – der Club werden? Du erhältst einen Grusel & Co-Mitgliedsausweis und außerdem regelmäßig kostenlose Insiderinformationen über unsere Gruselautoren und -bücher sowie über das Neueste aus der Welt der Vampire, Hexen und Monster.
Fülle einfach das Anmeldeformular hinten im Buch aus
und schicke es an folgende Adresse:

Arena Verlag
Stichwort: »Grusel & Co – DER CLUB«
Postfach 5169
97001 Würzburg

Vielleicht hast du auch Lust uns zu schreiben, welche Bücher von Grusel & Co du schon gelesen hast und wie sie dir gefallen haben?! Bei welchen Geschichten kriegst du eine Gänsehaut? Worüber sollen unsere Gruselautoren als Nächstes schreiben?
Wir freuen uns sehr über deine Post!

Na? Hast du Mut??
. . . dann HERZLICH WILLKOMMEN!!

JA, ICH HABE MUT!!

Ich möchte Mitglied bei Grusel & Co – DER CLUB werden. Bitte schickt mir meinen Mitgliedsausweis und kostenlose Insider-Informationen über eure Gruselautoren und Bücher an die folgende Adresse:

Vor- und Nachname: ______________________________

Straße und Hausnummer: ___________________________

Postleitzahl und Ort: ______________________________

Mein Geburtstag und -jahr: __________________________

Durch die Mitgliedschaft bei Grusel & Co – DER CLUB gehe ich keinerlei Verpflichtung ein. Ich kann jederzeit kündigen. Eine Mitteilung auf einer frankierten Postkarte genügt.

Datum: ____

Unterschrift des Mitglieds: __________________________

Unterschrift eines Elternteils: ________________________